Faillir

David Fonseca

Faillir

L'Orpailleur
az'art atelier éditions

22 rue des Paradoux - 31000 Toulouse

Collection L'Orpailleur sous la direction de Christophe Havot
www.lorpailleur-edition.com

Image de couverture : Laurent Maginelle

ISBN 979-10-92667-82-0

À Jasmine, Elhora, Manys et Lehna pour m'avoir rendu dans son arythmie le coeur canaille et vivant.

À Christophe Havot, pour le compagnonnage dans l'écriture et la fidélité des lettres.

À Laurent Maginelle, pour la poésie muette.

À mon frère, indéfiniment.

AVANT-PROPOS

La « folie », cette désertion de l'intérieur, comment l'habiter durablement ? L'enfance peut-elle la dire ? Un crime peut-il la renseigner ? La prison la délivrer ? L'hôpital psychiatrique l'épargner ? Jamais. La folie détient sa vérité, rend vaine cette tentative de renverser la nuit. C'est pourtant la gageure de l'auteur, lui rendre sa part, en une seule question que n'épuisera pas la réponse : qu'arrive-t-il quand l'homme et le couteau sont frères ? Voici l'histoire de cet homme mort debout, veines chaudes enfuies. Voici le récit d'un homme dont le dos est à découvert. Assassiné par sa seule main. Mon frère.

Ce récit n'est pas le symbole d'une quête de justice qu'il s'agirait de rétablir, que mon frère fut le premier à bafouer, mais de la lutte émouvante et perdue d'avance contre le malheur que chaque être humain est convaincu de mériter.

« Maman, qu'est-ce que c'est le soleil de l'amour ? demande Lehna.

– Où as-tu appris ça ?

– Je ne sais pas. Pas à l'école, je crois.

– Le soleil de l'amour, c'est ce qu'on a dans le cœur. Bon, je dois travailler maintenant, dit maman.

Elle va dans le salon.

– Elhora tu fais quoi ?

– Je fais un devoir !

– Quel devoir ?

– Un exposé sur le soleil de l'amour.

– Le soleil de l'amour, maman m'en a parlé, dit Lehna.

– C'est un cœur qu'on a dans son soleil.

– Ce n'est pas le contraire ?

Elle va voir son frère.

– Manys, tu fais quoi ?

– Je travaille.

– Quel travail ?

– Sur le soleil de l'amour.

– Toi aussi ?

– Dans notre famille, on doit travailler sur ça maintenant, parce qu'il lui manque un rayon.

– Je vais t'aider à en dessiner un, même s'il n'y a plus de jaune dans nos couleurs. »

Elhora Fonseca Tezkratt

« Je ne pleurerai pas sur moi. Mais si je pouvais ne plus voir le paisible poinçon d'or de l'échec marquer mon paisible front. »

Anna Akhmatova

Rien à faire. La voix de ce psychiatre ne s'exténue pas. Parle, parle, pour trouver enfin quelque chose à dire. Me crache à la figure sa brouillasse de mots étêtés. Parce qu'il ne sait pas. Ne sait rien. Espère son savoir de mon néant. Comme les rivières souterraines, il y aura à un moment une résurgence, espère-t-il. Et ça s'introspecte, et ça se controspecte, à dire tout et son contraire, le corbeau comme le renard. Cet interrogatoire voudrait ébranler l'Ancien monde, le mien. Non plus faire dans la transparence mais la transpercence, l'œil planté au centre de mon cerveau. *Quels souvenirs gardez-vous de votre enfance ?* Cette question, comment seulement y trouver un début de réponse ? On ne fait jamais rien d'autre que de demeurer au bord des choses. Des fous rédigent des thèses de milliers de pages sur des sujets improbables et quantiques sans jamais véritablement conclure. Alors, une vie ? Impossible. Comment être à la recherche de quelque chose de mort, d'ailleurs ? Et puis, si je témoignais sur ton papier le psy, ce serait la page noire. Le problème de la page noire. Il y en aurait partout tant les mots vomiraient à leur tour leur propre histoire ; ça déborderait ; ce serait incompréhensible. Je ne te dirai rien. Rien que cette phrase : *de zéro à dix ans, j'ai dormi. Et j'ai observé les adultes. Mes adultes. Et c'était bien assez comme ça.* Commencer par la fin, contourner la nuit ? Non, par le début, parce que ça compte. Alors, si tu en veux *déraison,* la mienne, je vais te la donner le psychiatre. Elle chauffera ce que tu voudras bien mettre dans ce climat *sibérique.*

Raconter mon histoire. Tous les jours je les pense,

mes plaies. La vérité, la vérité, il n'y a que ça qui t'intéresse. Les faits, les faits, rien que les faits. Mais la vérité, tu ne la reconnaîtrais même pas en tombant dessus. Moi je voudrais être libre de ce moi. Pouvoir me mentir. Faire sang blanc. *« Mentir si bien qu'à force de mentir j'en corrompe ma mémoire qui assurera qu'était vrai mon mensonge »*, écrit dans *La tempête* Shakespeare. Faire de ma mémoire une modalité du rêve, de sorte qu'il n'y ait plus jamais de distinction entre mes souvenirs et mes songes. Imaginant une histoire qui n'en aurait pas. Me raconter cette histoire, belle à croire à proportion de me la répéter. Faire le récit d'une existence qui s'étourdirait dans la réhabilitation d'une époque insouciante qui n'a jamais eu lieu. Sans jamais savoir si je me promène dans une mise en scène ou une contrefaçon de la vérité, dans une vie véritable ou un rêve. Un récit construit par progrès successifs, comme pour tout le monde. Au début, ça va mal, après, mieux. Mais chez moi l'avancée est un recul, la progression immobile. L'état du dormeur, en somme. Le labyrinthe constitue mon motif clé, et la recherche du centre, l'obsession de mon arpenteur-psy.

Te raconter. Mais raconter quoi ? Dans quel but ? Pour m'en sortir ? Un voyage de mille lieues commence-t-il seulement par un seul pas ? Que les lendemains jouent leurs rôles ! Qu'ils m'offrent une ouverture. Mais comment trouver le cadre avec une patte folle ? Comment prolonger le plaisir, être des faux cils, t'en sortir sans que ton ombre te mette des croches-pattes le psy ? Avancer avec une galère à chaque pôle ? Oui, comment faire quand tu te trouves au point de chute de l'arc-en-ciel, nulle part ? Que tout est là, sauf toi ? Que tout est perdu d'avance, mais que tu y vas pourtant comme un manchot en garde ? Mais rien ! Sinon à crier ta révolte sur les toits, à te prendre pour Mary Poppins, tout en sachant que tu ne peux pas vivre à chat perché très longtemps, et qu'avec un peu de chance, si tu retombes sur tes pattes, tu te dis que tu te serais bien passé d'avoir cette vie ? Comment le psy ? Je n'ai pas dit « *sept* »vies, une seule et ça suffit. Qu'à laisser faire tes angoisses, tu passes seulement au vide suivant, et ainsi de suite ? Que faire, hein ? Tu voudrais bien le savoir, toi qui n'as plus la force de ceux qui paressent, que tu verras bien quand la question se reposera ? Ta seule certitude, aussi vrai qu'un militaire ôte des vies humaines pour être décoré, loup, tu n'es pas fait pour vivre en meute. Avec la rétine qu'en dit long. Sous tes larmes, la natation. Aux armes tes pupilles dilatées ! Et que ça ne sert à rien même s'ils t'emmènent très tôt à la piscine, apprendre à boire la tasse avant que la plupart de tes rêves ne tombent à l'eau. Comment faire lorsque tu as dès le départ le regard plongé dans l'œil de Sauron, le tempérament Franquin, les chicots chicorée, le sourcil Frida Khalo, socialement détaché, le teint pâle Jack Napier ? Que faire quand ton intérieur pamplemousse te fait les sucres saturés ? Avec l'humour quart de ton, Olivier Gourmet un jour d'euphorie, iceberg pour croisière costard ? Que ta mélancolie est une sorte de slow dans un bal d'usine, du bruit sur fond de solitude ? Que tu arrives de l'aube, en éruption spontanée, de l'acné sur les visages ? Que tu vis extra-muros, surgissant par les trous ? Que c'est père-Noël tous les jours, à vider ton sac en permanence ? Que petit, tu avais peur du noir, grand, de la lumière ? Que tu caches tes richesses à l'intérieur, un esturgeon ? Mais qui le verra ? Qu'on t'a dit que la vie est rose, dans l'autre sens elle a déteint ? Qu'il te faudrait entrer les mains en terre, te sarcler, changer ton plomb, mais que tu n'as pas de doigts ? Que la vie avance, que tu penses que tu es dedans, mais que ça joue à la marelle ? Que séparer le blanc des couleurs, peu importe, tes rêves passent au sale ? Que les mains tendues finissent toujours par te faire un doigt bien levé ? Que tu es toujours tout seul, comme si tu crevais indéfiniment chaque seconde passant ? Qu'enfant, pourtant, tu y croyais ? Que pas plus grand que trois pommes, tu voulais soulever la peau de l'océan, être Dali ? Mais que l'océan n'est qu'un vulgaire bleu sur l'épaule du temps ? Que tu en as perdu ta teinte adriatique ? Que tu voudrais bien encore aujourd'hui songer à des points de couleurs façon Matisse, ombrer tes désespoirs, les picter, ne pas te laisser poisser par tes passions tristes ? Mais que ton élan créatif est trop court pour viser au loin, que tu n'iras jamais plus loin que tes foutues idées noires ? Que tu aimerais bien décoller des étoiles en Anatolie, mais que le sort a attaché tes deux lacets ensemble, fils de Bertrand Cantat et Pierre Richard, tu ne vas jamais bien loin ? Ta seule flèche, un filet d'eau ? Qu'il te faut recomposer chaque jour tes rêves en braille ? Que finalement tu traînes avec la ferraille, le genre de gueules cassées qu'on voit arriver de loin ? Que ton jardin secret est un terrain vague ? Que tu es petit peuple, toi, le cancrelat, qui crève la bouche ouverte ? Qu'on te dit que tu n'as rien, que tu n'es rien ? Mais comment perdre du grade quand tu n'as jamais eu ni quête ni Graal ? Réussir ? Ce gâteau-là n'a qu'une part. Comment faire encore dans la vie quand les examens t'ont raté ? Que si le savoir est vraiment une arme, tu t'es trompé de munition ? Que diplômé de la poisse, tu es né comme tes parents, à côté de la plaque ? Que leurs leçons de la vie ne t'offrent aucun diplôme ? Que si tes parents croient en toi, jouent quand même au Loto ? Que la réussite, comme la coke, beaucoup l'ont vu passer sous le nez, toi le premier ? Que leur marge fait aussi partie de la page, pour te corriger ? Qu'on ne peut pas croire en soi quand Dieu même rit jaune? Comment faire d'ailleurs quand on t'a menti dès le départ, ton doudou, un torchon de bactéries, vrai tissu de mensonges que les adultes appellent la vraie vie ? Comment donc t'en tirer dans cette chasse à court de munitions ? Dans cette réalité qui est un grand détournement ? Que tu rates tout, vises toujours à côté, comme dans des chiottes de train ? Mais que tu as pensé à tout pour t'en sortir, faire du *business* toi le malin ? Comme tu savais très bien que tu ne serais pas le roi, tu as voulu être le panier sous sa tête. Tout ramasser. Et partir avec la corbeille. Mais tu n'as jamais rien gagné. L'unique gain possible a toujours été dans ce que tu n'as pas perdu. Que tu ne peux donc même pas te rassurer en pensant que la nuit rémunère, à moins de finir arabe du coin, arabe au coin ? Reste rien décidément, rien sinon toi : vivant, tu fous la merde ; mort, tu fais de l'engrais. Et puis c'est tout ! Alors, tu as beau cracher sur les vainqueurs et leur histoire officielle, tu rêveras toujours petit. Plan Costa Brava en Fiat Bravo chaque été, parce qu'il faut bien s'égayer.

Que s'ils ont les eaux fortes, au moins tu sais nager dans l'acide de tes espoirs morts ? Que c'est ainsi que tu crois que tu verras plus large, que tu verras plus barge, parce que tu portes lunettes et total écran ? Mais comment faire quand il faut bien rentrer, qu'au pied du mur tu essaies de le franchir en le percutant, t'y encimentes ? Qu'au quotidien, ta vie est belle et laide, une actrice porno ? Que tu es la génération à toi tout seul du No futur antérieur ? Que bipolaire, tu t'opposes à tous tes choix en permanence ? Que tout te revient à la figure, sans cesse, le sort élastomère ? Que du soldat, tu n'en as que les cauchemars et les flash-back ? Que tes plaies sont des clientes fidèles ? Qu'auto-reverse, tu es une plainte sans fin ? Que, dictateur de ta vie, tu en as les pleins problèmes ? Mais que si tu as tout raté, tout manqué, un loupé, tu te rassures en te disant que tu n'es pas à plaindre parce qu'à la fin, comme tu n'as rien, tu ne seras qu'à moitié triste ? Et même si tu te dis qu'une larme rejetée, c'est un rire atteint, petit-l'être, alors ? Oui, petit-l'être finalement ? Peux-tu espérer devenir enfin quelqu'un ? Tu ne sais pas. Tu ne sais rien. Et pourtant tu te dis que tu fais de ton mieux. Que « *la mort n'aura sans doute pas d'empire* » mon bon Dylan Thomas. Qu'être normal, c'est savoir cacher ses déséquilibres mais que toi tu ne le sais pas. Que la vraie folie, ce sera de ne jamais savoir qui tu es vraiment, car tu ne le sauras pas mais, malgré tout, cette peur de perdre ce que tu ne connaîtras jamais. Sans cesse à espérer pourtant. Le jour d'après. Le premier jour du reste. L'an zéro. Mais ça gèle. Ça reste collé entre tes doigts, puis disparaît. Y a-t-il seulement un trou de serrure dans ton avenir, Fort Knox mobile ? La vérité ? Les fées n'ont jamais été exactes avec toi. Pas têtues. Les fées ont été des machinations ourdies par le travail sourd de puissances inexistantes pour toi. Et puis, à la vérité, tu n'avais pas de berceau.

À force de questions, tu as bousillé tes fusibles. Tu es dans le noir, qui est peut-être de toutes les nuances. Mais tu n'y vois rien. Reste les parois de ta mémoire. Blanches comme un linge pour t'y imprimer les souvenirs. Les seuls. L'enfance.

Il reste toujours quelque chose de l'enfance, toujours...
Duras

Je suis né sous le soleil, pas exactement. Et pas besoin que je reProust chemin pour me souvenir. L'enfance. Ce reste de vie aux trousses.

L'enfance, le psy, c'est une incurable maladie. Par où la commencer ? Comme si cette question avait seulement un sens. Il n'y a pas de début. Ta naissance est toujours régressive. Prise dans d'autres naissances à l'infini, de sorte que la question de l'origine, à mesure que tu la creuses, s'évanouit. Non pas : *par où commencer* ?, mais *comment finir* ? Comment me faire virer du livret de famille ? Si seulement Dieu avait des vers dans le ventre pour tout effacer.

Mon enfance, c'est la genèse d'un rapport généalogique impossible. Je viens du jardin des peines. On fait bien des chagrins un enfant. J'arrive après les autres, mon frère, ma sœur, en queue de train. Deux wagons avant moi. Je ne viens pas d'une comète. Aucune poésie, et puis ça brille au loin. On a le temps de se préparer à la venue du prochain. La rencontre des gamètes, sans désir, ça fait mal. Je braille. Ne suis pas vieux de quelques vies. Né sans appétit. Résultat de quelques tirs. Le père a toujours aimé les foires. Faut bien éclater les ballons de temps en temps. L'aurait dû rester à la maison. *L'Europe des Lumières s'est éteinte quand il a joui. Une éjac' faciale aurait été préférable. Que je termine comme de l'encre effaçable. Qu'on m'oublie.*

Par quoi je viens de terminer le psy ? Un texte de mon cru, écrit il y a longtemps. Longtemps, c'était avant toi. Longtemps, c'était avant que je sois dedans mon crime. Je t'expliquerai plus tard. Mais, oui, tu as compris, je me cite. Je m'auto-cite, comme disent les professionnels dont tu es, sans te donner les références exactes car tu ne trouverais personne dedans. Ça sert à ça l'enfance, non, puisqu'on en parle, à te faire des trous dans la tête ? La mienne, j'y reviens. Dernier d'une tripotée, ça devrait pourtant vous choyer l'enfant. C'est ce que l'on dit non ? Sur le dernier, le soi-disant chouchou des familles, toi qui a fait des études de psycho-psychiatrie le psy ? Mais comme les précédents, frères, sœurs, j'arrive sans crier gare. Dans l'utérus, ce sentiment, déjà, de taper l'incrust'. Moi, le surnuméraire. Pourtant, savent bien les adultes, ces trains qui se cachent mais ne s'annulent pas. Alors, une naissance comme ça, dans le bruit et la ferraille ? Faudra acheter une voiture. La mère devra se mettre à travailler. Un lit à partager pour deux. L'hospitalité d'un hôtel le 15 août. On fera avec. Flocon, je cherche une terre fraternisable. À chercher le bonheur dans une botte de rien. J'apparais ainsi — au monde, dit-on joliment, mais le monde s'en fout — en 82, l'année du chien. Vais vivre comme eux. À courir après ma queue. À courir après mon destin. Et partirai sans doute comme eux. Anonyme et sans date. Parce qu'on est rapidement vieux dans les parages, vie de chien, il faut très tôt multiplier mon âge. Je fais daté. Tout de suite. Dès le départ. Hors délai. Ma langue avalée par les lèvres de ma mère. Mutique. Claustré. Je ride mon langage. Deviens incompréhensible comme le vieillard noue sa langue au centre de ses mains.

1982. Mauvais présage comme une volée de dragées. Bien sûr, je ne suis pas le seul concerné, sitôt né, c'est le lot, on a tous un pied dans la tombe, non ? Je plains sincèrement les unijambistes. Moi, pourtant, ça va, je marche droit. Mais ça parle en travers de la gorge. Je devrais pourtant me réjouir. Rien n'était joué avant la naissance. Fallait-il avorter ou laisser le petit ? Oui, la question s'est posée. Mais on ne me l'a pas posée à moi cette question. C'est étrange, non, cette question de l'avortement. Cette manie de ne jamais demander son avis au principal intéressé ? Au moins, plus tard, à la barre, j'aurai le droit à la parole. Mais dans les entrailles de ma mère, ça s'est joué à huis clos, sans jury. Un procès stalinien. Accusé sans doute pour des fautes à venir. À titre préventif. M'ont laissé vivre de justesse, finalement. Faudra que je m'en rappelle. Faudra que je laisse la monnaie de leur pièce. J'ai failli sortir de la vie aussi vite que j'y étais entré ; ça m'a laissé une belle balafre et l'envie de tenter.

Je prends acte. Le démarrage de l'histoire n'est pas des meilleurs. Ce qui n'est jamais bon signe pour la suite des événements. Si tu as un problème avec la fin de ton histoire, c'est que tu as souvent foiré le début. Reste que pour les problèmes psychologiques, la leçon de Cioran — quoi, le psychiatre ? Tu parais surpris ; si, si, je le vois bien, je te parle de Cioran, après Shakespeare, mais je n'ai rien dit la première fois, mais là, quand même, c'est trop visible, immédiatement après que je dise « *Cioran* », tu le notes sur ton carnet ; qu'est-ce qui te surprend ? Que je lise ? Cioran ? Ou bien que je lise du Cioran ? Qu'y vois-tu ? Allez, vas-y, dis-le, n'hésite pas. Mon nihilisme ? Mon envie de tout détruire ? Ouh, là, là, qu'on est mal parti, Cioran, un nihiliste ? Moi, un disciple ? mais allons-y, puisque je n'ai pas le choix de mon interlocuteur ni du mur dans lequel nous allons toi et moi finir encastrés —, la leçon de Cioran, donc, né fortuitement, sans le désir que certains veulent bien investir dans la chose, sans que ses parents ne veuillent du futur petit Cioran, vaut en toutes circonstances : j'aurais tout aussi bien pu ne pas naître. La naissance, une affaire de contingence. Rien ne s'y joue de nécessaire. Prendre au sérieux ses petits problèmes existentiels reviendrait à s'attribuer un mérite indu. Tout ceci aurait très bien pu ne pas être. Ne plus chercher la voie, donc, mais m'y jeter avec panache, quitte à ramasser des ecchymoses sur mon jeune visage. Ça me fera de la couleur sur le blanc. Me voici au monde, dès lors, avec ce cœur minuscule, planté de deux bras. Pas lourd quand on te fait croire, pris dans tes langes, qu'un jour tu seras papillon. Un *ecchymosis*. Bleu sur les ailes, sang qui coagule, colère sous le derme qui monte.

Mais je me tais. Enfant, suis un film muet. Toute mon énergie mise en boule pour me tenir. Me maintenir en vie, sans rien qui demeure pour une parole. Avec la colère rentrée. On ne m'a pas demandé mon avis avant de naître, je choisis le mutisme comme mode opératoire. Je parle peu. Suis malalphabète. Perds souvent le fil, couture souffrant d'Alzheimer. Pense avec mes tripes. Dois être une sorte de ventriloque. Avec les mots s'écrasant dans mon crâne en poétique pogo. Je ne parlerai que très tard. Ai du mal à courir dans mes phrases. Ma langue me met des croche-pieds, manque de muscle pour la remuer. Sans compter que je suis asthmatique. Qui respire avec un appareil dans la bouche en cas de panique. As-tu déjà vu quelqu'un faire de la plongée et parler en même temps ?

L'asthme ? Je le découvre un jour en forêt. À courir contre mon frère. Au bout de quelques mètres, m'effondre. Hôpital, cortisone, RU 486, un médicament que l'on va tester sur moi pendant plusieurs années. Interdiction absolue de produire le moindre effort. Des années à surveiller mon sommeil la nuit. À croire que je pourrais m'échapper dans un sifflement. Je double mon poids. Jusqu'à quatorze ans, deviens amphibie, avec combinaison nautile. Je prends tellement de poids que j'ai l'impression de flotter dans mon propre corps. Je deviens une bulle. Qui s'éloigne encore un peu plus et rêve d'éclater. Les moqueries ? Je ne les entendrai pas. On n'entend rien sous l'eau.

Mais pourquoi mon asthme t'intéresse ? Tu y vois un signe annonciateur de quoi que ce soit ? Une revanche que j'aurais à prendre plus tard ? J'aurais compensé mon infirmité par un excès de vitalité en transperçant l'autre bien des années après ? Il te faut rafaler à ce point le psy ? Mais bon, pourquoi pas, je n'y avais pas pensé. L'asthme pourrait être dangereux. L'asthme, ça rendrait criminel. Tu te moques de moi, le psy ? Tu baisses la tête, à griffonner sans cesse. Je ne sais jamais ce que tu penses vraiment. Si j'ai des sibilances qui me remontent le long des voies respiratoires, toi tu n'as rien qui tienne debout dans tes cervicales. Tu t'effondres en permanence sur ta feuille pour ne jamais me regarder yeux dans le blanc de ma mémoire. Aurais-tu quelque chose à me cacher ? Tu ne réponds pas, hein ? Non, tu ne répondras jamais, bon à simplement poser des questions. Bien ! J'ai des parents, j'y reviens, ne t'inquiète pas, on ne les oublie pas comme ça. Comme tout le monde, j'en ai, comme L'Immaculée. Malchanceuse ? Non, moi, né d'une faute. Faudra la laver. Comment ? Les parents ont leur ruse, paraît-il. « *Ils contemplent dans l'enfant leur propre suppression* ». Ah oui, le psy, je ne m'autocite pas seulement. Je cite aussi Hegel. Les grands *hauteurs*. Mais j'avais mis la barre bien perchée dès le départ. Shakespeare et consorts. Disons que j'ai eu un peu de temps pour moi ces quinze dernières années. Une quinzaine sabbatique, comme tu dis ;

on en reparlera si tu veux. Donc, comme dit le Hegel, par l'éducation, leurs enfants, les parents ne les mangent pas. Ils meurent en se survivant, se retirent en se prolongeant les parents. Se font tirer le portrait dans le cadre de leurs enfants. Éduquer, ce serait apprendre à partir. Éduquer, ce serait mourir. Mon père vivra longtemps. Bien sûr, il y a sans doute eu des tentatives. Pas de chanson ni d'histoire avant de dormir, mais il y a bien dû y avoir de la rigolade quelquefois, peut-être même de la joie. Tu me le demandes ? Je ne sais pas. Il faudrait savoir d'où vient le souffle des poumons des gamins qui ont la force de rire malgré tout. Moi, j'ai l'asthme qui grésille dans les oreilles. Je n'entends rien. Et puis je ne me souviens pas. Vivre avec mon père est une terreur. Pas le temps pour les souvenirs. Peut exploser ou s'effondrer comme une étoile à chaque instant. Entre ces deux moments ? L'indifférence. Je ne compte pas pour lui. C'est ainsi. Je ne suis qu'une face B. Pas comme les autres membres de la famille. Là il y a de l'investissement. Là il y a de l'espoir. Mon paternel les frappe. Un père malade, plus Jo l'indien que Joe Drumond. La caresse aussi douce qu'Aussaresses. Seul le premier coup compte. Le reste suivra. Alors ça tape. Quand ça vient. Et ça monte souvent. Mais pas moi. Même ça, je n'y ai pas eu le droit. Juste de les regarder. D'entendre leurs cris. Je n'ai jamais rien dit. Pas une balance. J'ai tout gardé dans ma vengeance. Et la vengeance d'un enfant coule toujours d'une blessure trop profonde. Rien ne peut la cicatriser. Jamais. Même les bons souvenirs s'effacent dans sa tête. Je n'ai pas été vraiment aimé, vous ne pourrez jamais m'aimer, d'ailleurs est-ce que je vous aime ? Cercle infernal dans lequel l'amour ne peut se frayer un chemin. Moi, boule de viande nue, nerveuse, solitaire, qui roule, qui roule pour faire mal et ne rencontrer que ce qui fait mal. De l'amour ? J'ai un bébé mort à la place du cœur.

Question : souffre-t-on davantage de la violence lorsqu'on la reçoit ou lorsqu'on la perçoit ? Je n'ai pas la réponse. Silence. Il y a cette photographie de moi enfant, plein visage, que mon frère garde quelque part chez lui. Prise en dernière année de maternelle. Ma photo au-dessus de mon portemanteau, pour m'y reconnaître. Tellement beau et triste à voir. Même les illettrés peuvent voir l'abattement sur mes traits. Le dol permanent que je porte sur mon visage. La photographie est en noir et blanc. Je fixe l'objectif, sans la moindre expression sur le visage, une bête dans le viseur du chasseur. Ma frange, coupée de travers, me barre le front. La bouche entrouverte. Moi, hébété. Silencieux. Autisme léger, que tu as commencé à me dire à mes 39 ans le psy. C'était la semaine dernière. Avant, rien. Rien que cet enfant crevé comme un chat, suspendu à son crochet d'écolier. La gorge enfoncée, je ne peux rien dire. Le trophée de leur chasse.

Être introverti, c'est vivre à rebours. En retard. Aller comme les marées. Tu appelles cela de l'autisme. Léger, comme pour t'en excuser. « *La balle que j'ai lancée dans le parc n'a pas encore touché le sol* » dit joliment Dylan Thomas. Je me suis empêché de progresser, une chaloupe à marée basse. Comment vivre d'un retard ?

Il paraît, mon frère et ma sœur ont dit plus tard, que je pouvais rester des heures calfeutré dans mon silence. Entendre rire tout le monde autour de moi lors d'un spectacle ou regardant la télévision et ne pas consentir. Étranger au monde et aux choses. Inexpressif. Les sentiments troués. Un enfant d'à-côté. L'enfant à part. Sans sa part, ce qui lui revient de droit. Qu'on ne voit plus. L'enfant débarras. Le jouet cassé. Comment fait-on pour s'en tirer quand il n'y a pas d'issue ni de secours ? Enfant, je le sais déjà, il n'y a pas un autre moi quelque part qu'il me faudrait rattraper dans une carrière ou un destin, mais un moi plein d'autres. Lequel deviendrai-je morcelé ?

Au début, j'ai bien essayé. De m'enfuir. M'évader, comme l'œil du gamin dans la serrure d'une porte close. À trois ans, au Portugal, je tombe du haut des escaliers, tête première sur les marches. Fracture ouverte. Le crâne fendu, et pas de Barrage contre mon Pacifique. Ça pisse le sang. Première tentative. Première mise. La chance du débutant ? J'ai cru au gros lot. Village perdu dans les montagnes du Nord, premier hôpital à une heure de voiture, avec Simca 1000 incluse. Aucune chance d'en réchapper. Et pourtant, mon père tient le pari. M'amène à temps dans ces hôpitaux où se résume sur le frontispice le talent de la médecine locale : prier Dieu avant d'y entrer. Sur ma mise de départ, je ne gagnerai que dix points de suture. Me referai un jour. Ne vois aucun cynisme de ma part à jouer mon sort. La conscience cynique est une conscience vivant à côté de son malheur. Moi, suis en plein dedans.

Après le béton, je m'en remets aux éléments naturels. L'eau d'abord, à quatre ans, dans le jardin de ville de mes parents, prêté par la commune. Je tombe au fond du puits. Profond d'une dizaine de mètres. Bien joué, mon père ne sait pas nager. Et il est bien trop étroit pour que quiconque puisse s'y glisser. Mais me remonte à la force du bras, avec mon oncle, à l'aide d'un seau auquel je me cramponne. Il n'y a que dans les contes de fées que les loups y finissent noyés.

Le feu. Même décor, sixième année, nouvelle échappée. Je me laisse tomber dans les flammes de probables grillades à venir. On me tire de là, les jambes brûlées au troisième degré. La Nature n'ayant pas voulu retrouver ses droits, je vais attendre l'adolescence pour en arriver à l'âge du Fer. En guise de couper du bois, demandé par mon père, je me plante la hache dans l'os du pied, au-dessus de la cheville. Je visais la fémorale, me suis manqué.

Les éléments extérieurs sont contre moi, je vais tenter de m'échapper par l'intérieur. Perte de contrôle par le cerveau. En classe de 2nde, je rentre un après-midi du lycée. M'allonge, céphalées violentes, vomissements, puis, peu à peu, perds le contrôle de toute la partie gauche de mon corps comme de mon visage. Qui se raidit. Urgences, scanner, IRM, rien. Absolument rien. Évidemment, on ne peut pas apercevoir la mort au travail. Qui n'a su me prendre qu'à moitié pour me libérer enfin. Après tant d'échecs, je finis par renoncer. Je ne pouvais pas m'échapper. J'allais commencer à m'en prendre aux autres plus qu'à moi-même tu demandes le psy ? J'ai bien le sentiment que dans ta question se trouve déjà la réponse.

Puisque je ne peux pas me quitter, donc, je vais me laisser pousser, sans envie. Une chose va peut-être me manquer grandissant, la morve au nez. Avoir été bouddhiste sans le savoir. Le détachement à l'égard de toute forme de jugement. « *Ne pas avoir de manières a toujours été la seule grande manière* » me répète en permanence Hegel. Le malotru. Mais il a bien raison. Grandir, grandir. Tout le monde veut s'augmenter dans sa vie. À vouloir les sommets avec un équipement de bas étage. Je laisse faire. Je reste dans mon coin. Je les observe. Ne parle toujours pas.

Parler ? Trop tard ! J'ai laissé ma langue sur un bout de sein lacté il y a bien longtemps. Et puis lorsque je parle, je crache des mots fossiles. Une douleur qui vient de loin. Beaucoup trop loin. Incompréhensible. La bouche sèche. Rien à dire. Un marais salant. Enfant, chaque fois que je veux prendre la parole, ce sentiment de manquer de mots. Parler n'est pas une expiation. Parler est une expiration. À chaque mot, mon dernier souffle. À chaque fin de phrase, l'impression d'en être à l'esquisse.

Tu veux que je déroule le fil pourtant ? Mais où se trouve la pelote ? Tu veux savoir pourquoi j'en suis arrivé là ? Revenir sur ma jeunesse ? Difficile. Au fur et à mesure que je me tourne, le torticolis. Et puis, je ne vois jamais rien. Ma jeunesse me regarde toujours avec les yeux trop rouges. Il faut que je l'ignore. Que je ferme les yeux le plus fortement possible pour n'y plus laisser passer sa lumière.

Je me rappelle. Écoute bien, je vais te le dire avec toute la nostalgie qu'il faut y mettre. *À l'origine était ma rue. Mon petit quartier de banlieue où je rêve enfoncé dans mes Stan Smith de cent lieues. L'air des terrains vagues, où je joue au football, mourra bientôt avec le franc. Respire l'air des bibliothèques le reste du temps. Issu d'une strate de maçons, lis Guy de Maupassant, pas aussi fort en maths là où l'échec est une constante. Le premier mot que je prononce, je le jure sur la tête de Folcoche. Blasphème plus vite que mon ombre. Né là où Nique Ta Mère est une marque d'affection. Aujourd'hui, l'endroit où j'ai poussé n'est plus qu'un flou. Une tour tombée. Je ne vois plus rien au bout de ma rue. Ni même n'entends ma clé tinter autour du cou. Si loin. Tout me paraît immense. Grandi en banlieue, je respecte ses tours, veuves impassibles sur pieds. Mais comment vouer un culte à un bout de ciment que certains vénèrent plus que leur propre mère, leur tombe ? Dans cet univers où mon corps est borné par autre chose que les étoiles, la seule frontière, du béton, qu'ils ont eu l'intelligence d'armer. Si seulement j'avais eu un seul moment de lucidité, j'aurais demandé à la Palestine quelle solution m'offraient les murs.* Mais toi tu le sais, n'est-ce pas ? Tu le sais bien depuis le départ, non ?

Je continue. *À quinze ans, je suis ado de mes moyens. Me fais des films mais me réalise pas. L'existence me fait la cour, je n'ai pas l'oreille. M'égare en me parcourant. À mon rythme.*

En loque, le froc large. Certains jours, je ne sais même plus qui porte l'autre, entre moi et mon falzar. Avance au ralenti vu les chimères que je traîne. Tellement inerte. Pas plus capable d'aller de l'avant que de reculer. Sans cesse pris dans les phares. La bouche pâteuse, toujours le mollard à zéro. Commence à plonger dans l'urbain de minuit. Sort de chauve-souris. Nuit le jour, jour la nuit. Une vie de persienne. La lumière à mi-temps. Horaire d'abat-jour, soleil black-out, enfui. Suis ma bête noire. Porte le jean sur la peau, le style d'une verrue. Chausse du Run DMC au pied. Vu que je loge dans mes godasses, Adidas est mon quartier. M'y rêve un avenir plus beau, un coup en trois bandes. Flotter. Me réincarner en cil. Vivre, avant que mes révoltes n'atteignent leur ménopause. Mais ça ne dépassera jamais les tours. Toute hauteur cache un mirador.

Adolescent, je voulais changer la face du monde en lui foutant son coquard. Lui donner son bleu. Mais comment tenir tête à coups de pompes ? Dix ans plus tard, me suis pas donné rendez-vous place Salengro avec les amis d'enfance. Au Sud de nulle part, rien de plus, rien de nouveau. Je viens de je-ne-sais-pas. J'arrive de je-ne-sais-plus. Frustré dans ma vie. Un Nord-Coréen qui voudrait s'enfuir. À Vesoul, kidnapper Jeff pour s'en aller s'exploser à l'Ouest, là où l'on n'est jamais allé assez loin. En chantant : Il était un petit homme, qui avait une drôle de maison, un bâtiment immense, une habitation en béton, de fines cloisons pas qu'en carton, et devant ce bloc un peu de gazon. Plusieurs fois attrapé, petit homme avait le regard froid, ne fumait pas, le goudron était déjà là. Empoussiéré et mauvaises odeurs partout, Pliz, il aurait été bien temps que tu fasses tomber ces maudites tours que ces architectes nous avaient vendues comme de la Pise. Chaque jour, petit homme faisait des pirouettes pour des cacahuètes. Manquait d'argent, plus débrouillard que Tarzan, piquait un peu, comme celles et ceux qui n'avaient pas d'entregent. Fanatique de l'ego, petit homme avait une petite moto, une petite notoriété. Portait petite casquette, 24/24 sur la tête. Prisait ce qui brillait, une fausse Rolex, cinq gourmettes, une chaîne du même bois pour lui rappeler d'où il venait, un vieux Motorola qui faisait photo, sans oublier de ne pas quitter ses lunettes. Petit homme avait une sale trogne, marchait sur ses groles, ne parlait pas, cognait. Rêvait de muscles hors norme, gonflait ses rêves d'hormones. Et pour partir en vacances, faisait des travaux de forçat dans son ghetto, nettoyait les insultes qu'il graffait lui-même la veille sous son préau. Un jour, petit homme devint grand, voulut décrocher la lune, devenir petit boss des bancs. Et c'est ainsi qu'il vécut peureux avec beaucoup d'ennuis.

Au carrefour des illusions, il n'y a pas de rues. Rien qui n'ouvre la voie. Un sens giratoire permanent. Mais on cherche. Mais on ne trouve pas. Où vend-on des rêves au noir ? D'ailleurs, il y a quoi là-bas ? *Demande à la poussière, stupide chien* de Fante. Rien n'en est jamais revenu. L'adolescence meurt quand notre vie d'adulte l'envie. Quelques soleils de plus, courant entre les toits, avec leur connexion Internet sous le bras, je vois tous les autres se balader aujourd'hui dans ce grand hôpital, branchés à leur cathéter, maison de repos à ciel ouvert. Moi, dix ans que je me soigne aussi en lisant Pessoa. N'ai le goût de rien, mais sais le mimer. Chaque jour est un bavoir. Chaque jour est un miracle pour celui qui ne croit ni en Dieu ni au ferment du hasard. J'avance avec ce que j'ai, *le cœur entre les dents, cette saleté de fausse pudeur qui fait qu'on garde tout dedans.*

D'abord, on a des rêves et le sourire aux lèvres. Un poème de Prévert, une histoire de lièvre. Le sport, le quartier, une fenêtre et des effluves de funk. Plus tard, les terrains vagues servent de litière aux junks. Mais l'exotisme est à la mode. Tous parlent de quartier populaire aujourd'hui, et les enfants de la balle se croient tirés d'un revolver. Fiers d'appartenir à... La vérité ? J'essaie d'ouvrir le bon, mais le mauvais œil surveille toujours ses territoires. Tout me rattrape. Ce fichu destin a des métacarpes. *Et son allié, le temps, n'est rien qu'une sale enflure. Il a volé l'amour, ma santé et mes chaussures.* Les années tombent ainsi sans laisser de goût, une montre à mon poignet en guise de corde autour du cou. Et si la vie est rose, très tôt je n'ai plus rien senti dans ce gant Mapa. Des lustres que je sais que la lumière du matin rit des soirs ; que le sens de la vie est une vaine question ; que les gouttes de pluie indiquent la bonne direction. Finir en terre. Avec ce sentiment étanche de me noyer. Mais quand je toucherai le fond, peut-être que j'écraserai un ciel.

Au début, ta vie, le psy, ça va encore, c'est les deux premiers Rocky. Après, ça finit comme les films de Jean-Pierre Mocky. Sans salle ni spectateurs. Seul.

Mes ombres de l'enfance ? Entre perpète et non lieu. Lutter ? Autant de coups de couteaux dans des gouttes d'eau. Que faire de ce reste ? Où se taisent les drames ? Où se met le temps tout petit ? Chacun ses cailloux au fond des poches. Un reste de Virginia Woolf, morceau d'éternel dans chaque cœur fait un poids trop lourd. S'épocher. Se vider les cailloux. La solution. Effacer son passé. Passer sa main sur la buée provoquée par la respiration. Abolir le miroir pour ne plus s'y regarder. Resquiller les pertes, maquiller les cernes. Écrire un journal, que tu me conseilles le psychiatre depuis mon arrivée, puisque je suis incapable de te parler. Mais alors, comme Tourgueniev, « *Le journal d'un homme de trop* ». Dans les brèves. Pour me remémorer, tu dis ? Mais comment noter les événements d'un homme où il n'y a jamais eu personne dedans ? Tu voudrais que je dise. M'explique. Donne les causes. Comprenne. Donne du sens. Tu veux. Je le vois bien à ta manière de t'impatienter. Mais l'impensé ? Je ne me suis jamais assumé le psy. Me suis fait sous X. Accouché seul, et ce n'était pas beau à voir, un hermaphrodite incestueux. Sans filiation, j'ai tout emprunté, même ma vie d'article. Rien à dire, rien à faire, tellement vide que passée la vingtaine, je te le redirai plus tard, ils se sont résolus, finalement, à me mettre sous cloche. Pour y voir. Me contenir définitivement dans une peau. Ne plus me répandre. Récuser ce vide qui s'insinuait partout. Matière volatile faite d'air comprimé. Balle perdue qui, tôt ou tard, se serait logée dans ma tête. De toute nécessité, fallait me mettre sous vide. Me plastifier. D'abord en prison, le psy, où j'ai été pris en CDD. Dix-huit ans avec soucis. Personne devait devenir majeur. Et lorsqu'ils ont cru, enfin, que j'étais devenu quelqu'un, m'ont laissé sortir. Deux semaines après, la vie de rêve, relais château en psychiatrie, chez toi, mon nouvel ami, pour le reste de mes jours, ont-ils dit. Heureux le fêlé, qui laisse passer la lumière ! Pourtant, je n'avais pas l'air très méchant au début. Je partageais les mêmes rêves que les autres enfants. Ça faisait *pimpon-pin, pimpon-pin…* partout dans ma tête. Comme tout le monde. Un peu plus que tout le monde. Les sirènes de la police, en grandissant, ne m'ont pas fait fuir. M'ont enchanté. Chant des femmes poissons qui m'attire.

Il n'y aura pas eu, finalement, de relève pour les matons du temps, le psy. Ce temps qui ne répond pas aux offenses. Ne frappe qu'une fois, s'écartant aussitôt. Fichu destin, boxeur, danseur à la fois. Un Mohamed Ali qui ne se couche pas pour laisser la moindre chance à ses adversaires. Je te pose une question, le psy : serait-il possible d'imaginer un temps non linéaire ? Un temps simultané ? Un temps en apesanteur ? Un temps qui ferait surgir au même moment tous les événements d'une vie, de sorte que nous puissions poser la question : le referai-je ?

La seule chose que je sache, maintenant que j'en ai beaucoup, c'est qu'avec le temps, mon envie de vivre est devenue anorexique. Elle ne met plus les formes. Ma vie est devenue vide. Un bus de nuit. Certains jours, je me rassure un peu. Tout finira bien comme dans un livre de Jane Austen. Par crever doucement. En attendant, pour me garder en vie, je suis contre, ça me maintient. Mais l'autre qui attend que je cause. Que je lui raconte dans le détail. Est-ce ton uniforme qui veut ça ? Tu es lourd comme une morale de fin. Ta vérité bégaie, un chargeur plein. Des tas de confesseurs, j'en ai vus. De toutes les couleurs. Mais toujours froids comme des poignées de porte. Même en blouse blanche, ça veut refaire mon gris. Cette logorrhée. *Pourquoi avez-vous fait-cela ?* Trouver des réponses. Je ne suis pas Peter Falk. Trouver. Trouver ! Quête vaine. Les souffrances ne parlent pas notre langue. Garde ta salive ! Et puis, si je me mettais vraiment à parler le psy, Arafat sortirait de ma tête, que des jets de pierres. Écoute bien ! *J'attends seulement ma* mort à crédit. *Suis* l'idiot *de l'histoire,* l'étranger *d'une saison. Et si le sort me met à l'épreuve, c'est seulement pour voir ce que mes Nerval.*

Oui, je reviens vers toi. Aux ordres ! Je me remobilise ! Tu attends toujours que je t'apprenne quelque chose à propos de ma jeunesse ? Des certitudes. Tu veux des certitudes. Mais je n'en ai pas, même sur ce qui m'est arrivé, mais aussi sur mon passé. Comment avoir des certitudes quand je me revois péniblement essayant d'accomplir ma quête d'ailleurs ? À ne faire que la bredouiller. À m'efforcer de feinter le sort en cas de contrôle. Contre les mauvais coups, les amortis de la poitrine. Mais sans le cœur ? Cogner les tripes du temps aurait été une réponse possible. Cela aurait pu être le but, puisque les flèches ne s'intéressent qu'aux cibles. Mais rien à faire, le temps est un Thénardier riant pendant qu'un bavard plaide. Pas de foutu dermato pour sauver ma peau. Vais tenter d'avancer. *En survêt' Fila, featuring ma détresse.* Aller de l'avant, gagner du terrain sur les larmes. L'univers entier se modifie quand tu bouges, c'est un papillon qui l'a dit. Alors je m'active. Je ne sais pas où mon corps va, mais fonce tant que mes pieds me traînent. Sens pourtant déjà que ma baraka se barre à quatre pattes. Entre saudade et soldat, un combat toujours perdu. L'inquiétude que je gagne. L'innocence que je perds. Il me faudrait plus que mes propres bras. Un peu d'aide. De paix à la maison. Le problème de ma colombe, elle bat de l'aile. Je ne suis que son pigeon. De l'amour aussi, il en faudrait. Mais amour n'est pas à qui. Et puis, un père a-t-il un sourire ? Je m'en remets aux panneaux et à la circulation. *La rue m'éduque, sans le BAFA.* Difficile de tenir le Nord. Le vice pense tellement à moi que mes oreilles sifflent en permanence. Ce doit être le côté froid du rêve qui fait de la neige en moi. Après, le sel, pour nettoyer. Et plus rien au petit matin. Il faut bien se réchauffer les mains pourtant. Je commence à voler, ça je m'en souviens, sans malignité, vers l'âge de treize ans. « *Muss es sein? Es muss sein!* » Cela doit-il être ? Cela est ! C'est dans l'ordre des choses, tu penses ? Je débute dans le commerce de détail. Vol d'auto-radio, pièces détachées auto, scooter — effacer les numéros de la plaque moteur, jeu de frappes, nouveau numéro, assurance. Un vrai *meccano*. Est-ce la bonne orientation ? C'est-à-dire, précise le psy, est-ce que j'ai des regrets ? Je n'y vois pas très clair. C'est tout. Le destin me fait le clin d'œil du borgne. Rester à l'école ? Je veux rouler très tôt en Corvette, pas le temps pour les Corn-Flakes. J'en ai une en poster dans la chambre. Finirai à vingt ans sur un mini-tracteur, à tondre des pelouses pour la municipalité.

Pourtant, des rêves, j'en ai plein partout. Mais les rêves sont infidèles. La nuit se retire toujours avant de jouir. Ne laisse pas de petits. Que des regrets au petit matin. À mesure d'en être déçu, tu finis par croire seulement en toi. C'est là que les choses se gâtent. La solution, étant donné le nombre de handicaps, serait toujours d'avoir un temps d'avance pour m'en sortir. Remettre à aujourd'hui ce que je pourrais faire demain. Mais rien ne se produit. Je passe mon temps à m'en plaindre, de manière préventive, au cas où il m'arriverait vraiment quelque chose. Lourd. Tellement lourd. Un *impedimenta,* bagage trop volumineux pour être porté avec soi. Mais sans le voyage. À quai.

« *Un jour, à vingt ans, lui vint une brusque illumination. Il se rendit compte, enfin, de son anti-vie, et qu'il fallait essayer l'autre bout. Aller trouver la terre à domicile et prendre son départ du modeste. Il partit.* », dit Michaux. Je ne peux pas mieux dire. Être un homme, c'est prendre en charge son irresponsabilité. Je vais partir, léger sous le bras. Espérant atterrir quelque part. Avec contrat sans maintenance sur le train d'atterrissage. M'asseoir sur mon avenir et quelques brumes. Espérant casser la distance, et disparaître comme Rocky Graziano. Le boxeur. Tu connais ? Qui porte la grâce et la violence même en son identité.

Mais l'école ? Je passe un peu vite sur l'école, tu dis ? Oui ! c'est vrai, j'avais oublié. Avant ça, il y a eu l'école. Mais est-ce bien important, ce truc qui a essayé de me tenir dans ses cordes ? Pour laquelle j'étais bien trop gros pour qu'elle puisse me serrer ? Peut-être. Ce que je sais, c'est qu'elle est partie finalement avec un seul morceau de moi Evander Hollyfield, et pas le meilleur. Eh ! Tu l'as vue venir, celle-là, le psy, la métaphore filée ? Non, toi tu ne souris pas et puis tu ne connais rien à la boxe. Je te filerai un jour ce bouquin de Philonenko sur la boxe. Ça te rendra plus intelligent que ton école. Tu comprendras peut-être enfin ce qu'il y a de gracieux dans la violence, de violent dans la grâce. L'école, donc ?

J'ouvrirai une école de vie intérieure… **Jacob**

Moi, le petit gros, à l'école, pas davantage qu'à la maison, je ne pipe mot. Comment parler d'ailleurs ? Pourquoi même s'exprimer ? Avec leurs mots plein la bouche comme toi, veulent me filer la gangrène, le virus de la gorge pleine. Et puis ici, au quartier, tu te méfies, on te vole tout, même les points à la fin de tes phrases. La langue de Molière ? Il n'y a que des mots-Hamed. On pense pour moi. Sait mieux que moi. Mon avenir, leur avenir. Sous tutelle, pour mon bien. Parents, professeurs, flics, oui, comme toi le psy, font dans l'art divinatoire. Veulent me soigner comme les aruspices lisent l'avenir dans les entrailles de la volaille. Me guérir sous curare. Leur parler ? Je préfère vomir l'air, au moins ça fait des bulles de dialogues vides.

Enfant, j'étouffe dans leurs mots, qui ne peuvent sortir de ma bouche qu'en bloquant les mouvements de respiration. Arrêt du transport, constriction, passage bouché. Au secours ! Contre leurs mots bouchons, crever cette bulle. La trouer cette langue qui n'est rien d'autre que du tourisme, qui interdit. Car rien ne dépasse, même chez toi le psy, avec ta raie bien à droite. Vous parlez tous en mesure, à hauteur d'une syntaxe bien dressée, dans une espèce d'aire qui donne à vos paroles cette courbe de salutation qui est celle des assis. Il faudrait vous faire bouger. Vous essouffler. Donner un point de côté à votre sens commun. Traverser des mots qui n'appartiennent à personne. Encrapuler votre langue qui parle tout le temps. Faite de mots éponges, qui s'effacent sitôt mis en service, pour que le tableau reste noir, très noir, on ne peut guère plus noir, mais proprement : langue définitivement cuite, encendrée. Ne plus souffler mot enfin car *« ce dont on ne peut parler, il faut le taire »*. Mais pour asséner cette vérité de Wittgenstein, le psy, il faut encore beaucoup de mots. Moi, il aurait fallu que je trouve le mot qui parle le silence des autres mots. Capable d'ébruiter le raffut d'un silence. Impossible. Dont acte ! Je me choisis une activité aphone. Je lis, même si c'est difficile, même si c'est mal. Beaucoup et en travers, sans direction. J'ai autant de problèmes pour la lecture que pour la diction. Si j'ai les yeux en face des trous, ils ne donnent sur rien du tout. Je doublerai mon CP, le psy. Soit, selon les statistiques, me donne tous les chancres de la chance. Pour m'aider, l'institutrice a bien essayé de me mettre au fond de la classe. Comme j'étais plus lent que les autres, elle devait se dire qu'il fallait sûrement me mettre derrière pour que l'information ait le temps de venir à moi. On apprendra en fin d'année que je suis myope. Une taupe hors de sa galerie.

Je n'y vois absolument rien. Comme je n'ai pas d'œil, me reste plus qu'à m'en remettre aux mains. Écrire, je voudrais savoir écrire. Depuis tout petit. Inventer des histoires. Être un romancier, même si je ne connais pas encore le mot, mais le devenir un jour. Alors je lis. De plus en plus. Pour savoir écrire. Erreur de jugement. Il faut apprendre en faisant. Le danger pour l'autodidacte : être fasciné, donc terrassé par le savoir à propos de ce qu'il faut faire.

D'où m'est venue cette idée de devenir romancier ? Quand ta chambre est un rempart le psy, tu ne vois rien au-delà. Mon grand frère lit tout le temps. Un cannibale. Dévore les livres. Il y en a partout. Des murs lettrés. Pas de posters, du Voltaire. Intelligent le frère. C'est ce qu'ils disent. Travaille bien à l'école. J'aimerais être comme lui. J'aimerais être lui. Mais ce n'est pas possible. Ce ne sera jamais possible. Il a les yeux bleus. Pas moi. Pourquoi n'ai-je pas les yeux bleus ? Pourquoi m'ont-ils fait si différent ? Il a l'air vivant lui, au moins. Ça remue dans son ciel. C'est agité souvent. Je voudrais y arrimer la plume pour y voir d'un peu plus près. M'y crever les marrons dans l'iris. Me débarrasser de tout ce qui m'encombre. « *Pour être hanté, nul besoin de chambre ou de maison. [...] Soi-même derrière soi fait tressaillir. Un assassin caché dans notre appartement est moins horrifiant* » raconte Dickinson. Mon soi-même derrière moi, c'est de cela dont tu devrais te préoccuper. C'est de cela dont il faudrait me liquider. Toi qui, comme les autres, traque la responsabilité des actes.

Mais tu penses à quoi, toi, m'écoutant ? Parce que je te sens distrait par autre chose. Que je ne suis tellement rien que je voulais me remplir de quelqu'un d'autre ? L'écrivaillon que mon frangin deviendra plus tard ? Que c'est cela mon problème ? Me remplir d'un contenu ? Que je suis à ce point personne ? Que j'en ai vampirisé les autres ? Mais est-ce que l'absence peut tenir lieu de programme dans une vie le psy ? Toi qui poses sans arrêt des questions, tu ne sais pas répondre. Tu voudrais me décompliquer. Mais c'est de cet inconnu qui menace et me harcèle dont il faudrait me débarrasser. Cette aridité qui progresse encore, me dessèche et me nécrose. Tu ne sais pas. Tu ne sais rien. Moi je voulais juste parvenir à une phrase dense, même austère, mais qui aurait conféré une qualité de minéralité à tout ce qui n'était que doute, hésitation et ténèbres en moi. J'avais besoin de l'écriture, de sa densité. De la transitivité qu'elle autorisait avec la vie. J'avais besoin de sentir la possibilité d'écrire grandir au bout de mes doigts. Naître enfin, véritablement, me conférer l'être en écrivant, réinventant un langage à partir de rien. Écrire, c'était condenser de l'énergie dans les mots, celle qui me manquait. Peux-tu le comprendre, seulement, quand tu agites ton stylo nerveusement ? Parce qu'un stylo qui n'a pas trouvé sa feuille meurt.

Alors, cela ne m'a jamais quitté ce désir. Au collège, plus tard, je pensais d'ailleurs avoir trouvé une astuce pour le devenir cet écrivain. Collectionner les mots que je ne disais pas. Prendre des notes. Des bouts de phrases qui n'étaient pas de moi. Des citations. J'en aurai les cahiers pleins. Et les replacerai aussitôt que je peux. Dans n'importe quelle conversation, comme avec toi. Parler dans la bouche d'un autre, c'était survivre. Parler dans la bouche d'un autre, c'était me faire de la respiration artificielle. Alors j'écris, ça oui, j'écris. Même si c'est sale, même si les mots ont les dents jaunes, enclopés dans leur pollution, je gratte la feuille car il y a de quoi être froissé. Je suis en travail de ma langue. La charge. Espère transformer en canon scié ce que je lis. Ma sommation, ce bout de crayon. Un peu de papier, un stylo au fond d'une poche, ont toujours fait des armes de choix. Je n'ai aucune inspiration, mais ce stylo opiniâtre. J'avance ainsi sans but. Mais ce qui compte, me dis-je peut-être, c'est cet acharnement à le poursuivre. Même si c'est pantelant. Écrasé par ce défaut du sens.

Ma vie, cette giclée d'encres. Au pire, me dis-je, mes ratures compenseront les manques. Écrire sera mon seul acte libre. *J'écris, écrase et couche les mots sur petits carreaux, joli Vichy. Je désécris et ainsi je vis. Je malécris et ainsi je suis.* Deviens ma propre sérigraphie. Me place sous acupuncture, les nerfs greffés de lettres. Mais ne parle toujours pas. Homme sans paroles, pas même homme beat-box, qui sait au moins faire d'un bruit une direction.

Avec mon bic en guise de carabine, tire quelques coups de feutre chaque fois que la panique gagne. Quand ça hurle à la maison, je prends un livre de mon frère, n'importe lequel, et cherche des phrases. Des bouts de phrase, même un mot, une virgule, n'importe quoi dans la langue pour tirer quelque chose de moi, pour tirer sur quelque chose de moi. Mais le sentiment que je ne sais pas viser. Que ça ne cible pas. Qui m'a mis ces balles à blanc ?

Écrivain ? Est-ce que je suis parvenu à écrire un jour un roman ? Est-ce que je l'ai envoyé ensuite à un éditeur, tu me demandes ? Je ne suis qu'un scribe. Je note pour apprendre à parler ma langue. Pas un véritable écrivain. Un écrivain invente des destins. Construit. Échafaude. Monte des plans. Bétonne les trous ensuite. Un écrivain architecte le monde. Je n'ai jamais su faire de plan. Nul en rédaction. La pensée géométrisée, je me disais, pour les imbéciles. À ce point bête qu'il leur faut s'échafauder dans leurs idées. Penser structuré. Mais ça ne pense pas ; ça dépense ; ça marche au pas. Je croyais.

J'aurais bien aimé être cet imbécile-là, pourtant, le psy. Parce que si j'avais su faire un plan, je ne serais pas entre quatre murs aujourd'hui. Qui pensent pour moi maintenant. J'ai toujours écrit sans ossature. Dans un corps mou. Qui ne tenait pas debout. Qui s'effondrait à mesure que j'écrivais. Un sac sur ma tête. Pour m'écrire dans un personnage. Et l'enfermer comme on tient les psychopathes. J'aurais voulu me tuer cent fois depuis l'enfance. Par vengeance. Mais suis encore debout. Mon personnage est un voyou. Un menteur. Il m'échappe tout le temps. Je croyais le dominer. Il m'élimine encore. Le crime, ça le conserve. Son sel, qui le gonfle. L'hypertrophie. Il faudrait que j'écrive encore et plus et cent. Que j'écrive sang. Pour l'en vider jusqu'à la dernière goutte.

Sinon, il recommencera. Recommencera à chaque fois. Tuera pour me tuer. On a les vengeances qu'on peut le psy.

Romancier, donc, mais avec handicap supplémentaire. Mon écriture, dès la primaire, est quasi illisible. Quand j'écris, je tague. *Du Magritte mélangé à du Basquiat, un putain de tonnerre pris dans les cordes d'un castrat, une tumeur dans mon thème astral.* J'écris comme si je m'infligeais une punition. Même quand je m'applique, je rature. Je dépasse les lignes, l'écriture d'un grabataire. À tout prendre au pied de la lettre, mes phrases finissent en morceaux. Pourquoi laisser une empreinte, d'ailleurs, quand je viens pour piétiner ma vie ? Brûler son talent, c'est la noblesse de l'échec. Ne rien en faire, le vivre à fond, et retirer l'échelle. Et puis j'ai mille ans de paysannerie et de culture ouvrière sur les bras. Avec cette paille et ce cambouis sur les mains, comment espères-tu que je puisse seulement tenir un stylo ? J'ai deux mains gauches, c'est mon malaise. Mes virgules balafrent les profs. La rédaction, en CM2, je m'en souviens très bien. Je place des phrases sur le papier, puisqu'on me le demande, forêt d'arbres replantés après tempête. Sans aucun lien naturel entre elles. Alignées, sans coordination évidente. Des blocs de mots qui ne font pas lien. Des phrases qui ne s'entendent pas entre elles. J'en ai marre. Je n'en peux plus de leur langue. Dans le dictionnaire, je me dis, il faudrait décaler les mots par rapport à leur définition. Attribuer au premier celle du deuxième, au deuxième celle du troisième, et ainsi de suite. La Babel où je vis n'en deviendrait pas plus folle. Resterait le premier mot, auquel il faudrait inventer sa liberté en ne jamais lui donnant sens. À quand donc ce séminaire particulier, avec des grammairiens singuliers, chargés de mettre « *des perruques aux vieilles pouffiasses littéromanes* », hein Ferré ? afin de réinventer la langue, la remettre dans son drame ? Mais cela n'arrivera pas. Cela n'arrivera jamais. Ils disent : écrire, bien écrire, c'est ne pas montrer les choses Monsieur. Se retirer juste avant. L'élégance du style. Cette peur d'enfanter dans les phrases des monstres. Moi, je voulais m'empuriner. Me sentir la tête dedans.

Au collège, ça continue. Pas lu Hugo mais sais reconnaître *le dernier jour d'un condamné*. M'ennuie dans leur couloir de la mort. Pas de stylo, un coude posé sur la lune, à regarder Dieu qui pend son linge aux fenêtres. Il n'y a que cela à observer en classe, la forme des nuages. Je me mets à les dessiner. « *La création est la seule forme de lutte. La preuve que la vie ne suffit pas* » dit mon Pessoa. Je les dessine tout le temps, de plus en plus prennent forme dans des bulles. Je me mets à faire dans la *bande décimée*. À vouloir raconter mon histoire, celle d'un tombé. Avec un crayon entre les doigts, Lazare, je m'élève. C'est comme ça que je vois le monde. Avec le dessin. La création du paradis, une gouache de gosses, transformée en bordel, sous une masse de gloss. Puisqu'il faut bien de la couleur, le dessin donc. Quand ma vie est triste, j'y dessine un beau sourire kabyle. Leur écriture toute scolaire, je n'en veux plus. Un truc d'adultes. Moralisateurs, qui s'efforcent toujours de faire passer le message. Dessine-moi un mouton, je te montrerai un con.

Au collège, c'est vrai le psy, tu l'as lu dans mon dossier, je ne suis pas lait cru. Pas tout blanc. Commence à faire quelques grosses bêtises. Mal vu, malgré ma couleur de peau. Un noir en Alabama. De ces teintes, je fais un champ lexical. Bizarre de voir autant de couleurs sortir d'un type si pâle. L'insulte mise sous forme de poésie. J'en ai des lignes plein la main, des crachats qui ne tracent aucune voie. Toujours dans le conflit. Même lorsque mon écriture s'arrondit, elle bombe le torse, à deux traits de briser un os. *À me refaire le bleu Chagall. La vie, ce ne sont pas des thèmes qui se délivrent par la parole mais penser en éclats l'espoir, ce que Basquiat a laissé en vrac.*

Les profs ? Ils ne comprennent pas ma créativité. Je leur parais stupide. Pas besoin de grandiose ni de coup d'éclat pourtant. On crève bien de fines particules. Mais pour obtenir la moyenne, l'impression que je dois fisser l'atome. L'intelligence ? Je la leur laisse. Des plumes de paon. On en fait étalage pour attirer son monde. Séduire. L'art, la littérature, Mozart, Michel-Ange, Shakespeare et l'Empire State Building, rien qu'une parade nuptiale élaborée. Mais rien de grave à avoir accompli de si grandes choses pour des raisons triviales. Même si le paon a du mal à voler. Même s'il passe sa vie au sol et picore des insectes dans le fumier, avec sa grande majesté pour seul réconfort. Tout est vain. Tout est inutile. Voilà la seule beauté.

Lorsque je vais commencer à écrire, pour moi, non plus seulement comme un copiste, à partir de la fin du collège, je me réfugie immédiatement et presque naturellement dans la poésie. Dans cette plaie auto-immune, je m'inocule. Pourquoi la poésie, tu me demandes ? Parce que ça ne veut rien dire, ou trop, ce qui est la même chose. Belle dans son vide. Tiens, écoute ça : *Quand la langue ne pèse pas, il faut des mots qui fassent contrepoids. Qui chantent la révolution. Celle du papillon, qui bat de l'aile et va mourir à petits pas fuyants. Bienvenue chez les phalènes, le corps en feu comme à Salem... Ma seule nation, ce bout de crayon. Mon coin de terre, rue Louise Labé. À l'Est de nulle part, à chacun sa gloire locale. Moi je serai patriote quand l'État sera crevé. Je n'aime pas les drapeaux, qui ne suivent pas les gens mais seulement la direction du vent. Un clandestin qui rêve d'une vie avec grand destin. Avec l'avenir derrière soi et l'imaginaire nomade dans un corps sédentaire...* C'est ce que j'écris en classe de 2nde. Tu en penses quoi ? Tu ne réponds pas. Tu ne réponds jamais. Comment ? Est-ce que cette poésie me sauvera ? Oh, ça n'ira jamais bien loin. Mes poèmes finiront à la soupe populaire. Mes rêves ramassés par le SAMU social. Je me suis cru révolutionnaire, n'étais qu'une avarie.

Après la chute de l'enfance, on ne panse pas le cœur au Hansaplast. Reste, ado, Frank Zappa pour les bourgeois, Public Enemy pour moi. Le rap. Ce souffle dans mes oreilles le psy ! D'abord, j'entends un mec rapper pour la première fois sur une cassette de mon frère. J'ai quatorze piges et le monde le doigt collé à la gâchette. NTM. Mais la vie c'est mieux que ce rien. Je passe en boucle puis vais écouter sur le banc du coin. Décidé, je m'y mets.

C'est par l'écriture, le psy, que je vais enfin venir à la parole à partir du collège. Pas n'importe quel type d'écriture. Celle du rap. « *Au lieu de la chasser, la merde, je vais lui trouver un titre* » et des paroles explicites, enfonce Frédéric Dard. J'écris le soir. Là où la nuit tous les stylos sont pris. Je m'investis. Écris comme je respire. Invente mon souffle dans ces ruptures de phases. Cette musique essaie en moi ses phrases. Les beaux jours, ça poudroie. Je voudrais que ça vienne tout le temps. En permanence. *Parce que vivre à vive allure, c'est mieux, à moi mon platane sans le Merlot. Grisé dans l'ébat du vent, brisé par l'éclat du centre,* par la seule ivresse que me procure le rap. Mais ai-je vraiment cela dans la peau ou seulement un poil dans la paume ? Je rêve de m'en sortir par la grande porte. Comme tous les types ici, chacun rêve de braquer l'industrie tête casquée, mais Daft Punk ne vient pas des caves, hein le psychiatre ? Chacun espère pourtant trébucher sur un hasard, tomber sur un bonus, un titre caché. Mais l'histoire est aussi vieille que le monde : les derniers seront les premiers quand ces derniers auront pris un tour d'avance.

Au moins ai-je ça pour moi. Écrire. Je veux inventer une écriture de loup, qui vienne souffler sur vos maisons. Mise tout sur de beaux tessons. Lorsque j'écris un texte de rap, je mets la plume à l'étrier, blesse la forme pour toucher le fond. M'essaie aux allitérations puisque je bégaie ma vie. *D'ici le repas, je me repais d'eau plate. D'ici le repos, je vis ma guerre d'Hoplite.* Jette la craie puis l'éponge sur la faute d'orthographe. Au fond de la classe, il n'y a que ma plume qui se tienne à carreaux. Attends que mon Waterman franchisse merveilles et Monts Blancs. Faut faire bonne figure de style. Avec de l'encre cagoulée, non effaçable. Je trempe ma langue dans cette poudre noire. Mon animal préféré ? Le Léotard. Œil poché, verbe fauve. Parle en dé-rapant. Je ne connais que la belle langue de Broadway. Écrire du rap, c'est être en intelligence avec son ennemi. Puisque je ne peux pas faire sang. *Sang lui.* Une association de malfaiteurs. J'en deviens l'arabe, le noir, le chinois et *tutti quanti*. Pas dans la lettre, l'esprit. De toute façon, j'ai le sentiment que tout le monde me reproche de n'être pas assez *français*. Je ne serai jamais un bon-a-ryen. Continuez donc à taper dans vos mains. Je vous ignore. Suis mon propre rythme. Pratique la musique en dilettante vandale. Face aux farces de l'ordre je suis la force du bordel. Je manque de reins. Rien pour filtrer ma colère. La haine banale comme les armes au Texas, vous allez m'entendre ! Oui, rien qu'une fois, je me le répète au rasoir, vas-y, sois libre, essaie, meurs le temps de respirer, chante !

La politique surgit quand le bruit devient de la parole. Pour toi qui causes tout le temps, je suis sûr que le rap n'en demeure qu'au stade du bruit. Tu lui dénies son statut de parole. Sa langue, pour toi, c'est celle du barbare. Rendue aux rythmes de l'onomatopée. Le feulement de la bête. Dénuée de signification. Du bruit. Rien que cela. Vous ne parlez pas. Vous n'avez pas de visages. Vous portez tous le voile. Capuches sur la tête ou hijab, vous êtes des sans face.

Tu nous vois comme des rumeurs. Tu as entendu parler de nous sans jamais nous avoir vus. Qu'est-ce que ça peut donc bien te faire que nos rues meurent dans le caniveau ? Pour être un étranger, ton étranger, pas besoin de lire Camus. Ça parle des basanés comme s'ils trouaient la couche d'ozone. Il y a des envies de meurtres et des claques qui se perdent à t'entendre parler de *bougnoules* et *négros*, mais je n'ignore pas que ça éclabousse quand on frappe dans la merde. Alors, je te méprise. Je t'ignore. Tu es tout aussi con que tu seras rapidement mort. Je te laisse entre ceux qui s'hainent. Ta seule lumière, celle des lampadaires.

La langue, ce n'est pas ce que tu crois, toi qui attends que je parle en tous sens, la langue, ça bouge de partout. À l'intérieur de la bouche, pour dire son impatience. À l'extérieur, dans ses expressions. La langue bouge en permanence. S'invente sans cesse un ailleurs. Sauf pour la banlieue, hein ? La langue, quand elle y bouge, devient vulgaire pour l'ultramontain que tu es. Mais les dominants dont tu fais partie, qui fabriquent la langue officielle, sont pauvres. Ils ne connaissent qu'une langue. La leur. Alors pourquoi voudrais-tu que je te parle ? On ne se comprendrait pas. Il y a des torts irréconciliables. Toi, tu crois à l'entente. Qu'en parlant, il y aura de la réconciliation possible à l'horizon entre toi et moi. Tu dégages l'avenir. Effaces le conflit. Remplaces les rapports d'autorité par des relations d'échange. Les affrontements par une logique de réciprocité. Avec une tape dans le dos en guise de signe d'amicalité. Oui, tu me tutoies. Mais il n'y aura jamais d'entente possible entre toi et moi. Si je te parlais, il n'y aurait que du différend. Quand chacun s'exprimerait, nos discours seraient des parallèles qui ne se rencontreraient jamais, nos propos glisseraient les uns à côté des autres sans entrer dans un rapport réciproque et donneraient lieu pour chacun de nous à des contresens et démentis. Nos langues ne pourront jamais s'entendre le psy. Il n'y a pas pour elles de tribunal de la raison qui pourrait trancher entre nos prétentions. Nos langues sont inconciliables. À jamais informulable, je suis l'énigme, tu es l'énigme. Il y a là une usure constante le psy, un effort qui proprement nous harasserait. Car pour se comprendre, il faudrait que l'on s'annule enfin. Pour accroître le sens de ce qui fait notre singularité. Il faudrait continuellement que l'on demeure à l'affût, être à même de capter notre parole à son premier balbutiement. Ce ne sera pas possible, je le crains. Car de quoi parlerions-nous ? De moi ? Plus on est proche du centre, moins on peut en parler. Avoir le courage de consentir à cette aventure, ce serait prendre le risque de la perte, de la déperdition qu'implique nécessairement le fait de vivre dans l'intimité des questions, de ma question. Mais je ne suis pas une question pour toi, je suis un problème. Alors, laisse-moi me taire !

Mon rap, tu ne veux pas l'entendre tout comme moi. Ce n'est pas du tout, comme tu le crois, une affaire de classes sociales ou bien encore de générations, parce que sinon comment expliquer que je puisse écouter tout autant ta musique classique ? Mais ça, je ne t'en ai pas parlé. Tu aurais été désorienté. Avec les gens comme toi, faut y aller par paliers. Il ne s'agit donc pas de cela. Tu ne l'entends pas parce que mon rap survolte ton langage. C'est un discours de l'irruption. Tout en énergie. Un discours de l'en-bas. Le discours réduit à sa part élémentaire. Frontal. Direct. Cynique, au sens philosophique du terme. Mettre à l'épreuve son corps dans son dire. Cette langue n'est pas belle ? Elle provoque de l'effroi ? C'est une sous-culture ? Comme tous les arts, elle vient du dessous ; où ça sent ; où ça transpire ; où tu ne veux pas sentir le psy. De soude à sourdre, on entend son « *r* » sarcler la langue. On entend son air arracher les tempes.

Quoi ? Ce n'est pas de la musique ? Elle est née contre le solfège ? Pas de création originale à l'œuvre ? Du sample en permanence ? Comme si le génie s'exprimait *ex nihilo* le psy. Tes musiciens, tes peintres, tes sculpteurs, avant de composer, répètent, copient, empruntent, de sorte que rien n'est jamais créé mais toujours recommencé comme le soleil se lève chaque matin. Cent fois millénaire, pourtant, chaque fois unique. Rien ne change, tout est différent.

Alors, si tu veux bien m'écouter pour une fois, laisse-moi t'en parler de ma musique. On est au début des années quatre-vingt dix. Tout va bien pour l'instant. Si les pianos meurent comme les feuilles des branches, avec quelques copains on les sample pour que personne ne les oublie. Le Wu-Tang Clan est passé par là. On recopie. Mais bientôt, on entend les premiers râles d'une bête crevée. Le rap est mort, disent les puristes. Ce rap-là doit être un Dieu. Tout le monde parle de lui. Personne ne l'a jamais vu. Mais peut-être qu'il se cache pour être à l'abri de la bêtise. La droitisation en cours frappe déjà les esprits. Ça transpire le *Tout était mieux avant*. Petit Darwin de la culture, élève de l'époque. Même les rappeurs deviennent réactionnaires. Ne sont que des Zemmour montés à l'envers. Moi, je m'en moque le psy. Je continue seul à écrire. Mais j'ai beau accumuler le bruit, le silence n'a qu'une voix.

Je persiste. N'écris pas, tire. Vide mes cartouches d'encre. Passe bientôt aux bombes, quand le poignet devient plus souple. Des graffitis rupestres aux vandales des villes, je fais le lien. J'en ai volé des bombes de peintures. J'espérais faire le mur. Masque ma présence avec des bombes aérosols puisque tu ne peux pas me sentir. Suis une sorte d'IRA. Voudrais tous vous bomber. Circule de bouche en bouche comme de vieilles légendes. Sur les murs, j'ajoute de la couleur à la manière d'André Derain. Tout est bien dans l'imaginaire, tout est sépia dans la vie. Regarde bien ! Vois les toiles de Rembrandt. L'étoile. Et puisqu'on ne peut pas m'encadrer ni me voir en peinture, j'en remplis les murs. Le graff', un discours pour les sourds et muets qui refusent de m'entendre comme de m'adresser la parole. Dans un monde sans repères, voitures et murs sont mes panneaux d'indication. Colorer mon avenir, tu dis ? Pas même. On n'esquisse pas une ombre. Oui, mon ombre est Personne. Je la crayonne, tu l'effaces. Sans signature, je suis partout.

Adolescent, tout me semble préférable à la parole.

Même danser. Et pourtant je ne suis pas doué le psy. Mais la danse me semble plus libre, beaucoup plus capable de parler de mon ici et maintenant. Sa figuration est plus vive, plus intempestive, plus sauvage, moins construite, moins romantique, moins conjuratoire de la violence qui sourd de mon cadavre. Elle prend mon désordre à bras-le-corps, plonge dans mes mouvements désorientés, dans mes tourbillons sans s'assurer de la suite, sans se garantir par de misérables combinaisons. Quoi ? Oui, je suis capable de faire des phrases plus longues. Mais il s'agit de danse. Ma phrase se délie comme elle à l'instant de te dire son geste.

Tu prends encore des notes ? À ta mine réjouie, je vois bien que je te facilite le travail. Ça te fait un parcours bien lissé mon histoire, hein ? L'enfance misérable, la banlieue, sa violence, le rap, le graffiti, la danse. Un vrai stéréotype sur pattes, tu te dis, le phénomène. Ça va aller vite, de l'explication du crime. Parce qu'il y a bien un crime dans cette histoire, n'est-ce pas ? Sinon, quel intérêt à me questionner comme tu le fais tout le temps enquêteur ? Parce que ma vie n'a aucun intérêt, sinon. Le seul problème, dans ton histoire, je vais te le dire tout de suite, c'est que tu connais déjà la fin. Quelle déception ! Pourquoi continuer un récit dont l'intérêt n'existe plus ? Tu as raté ton coup, le psy ! Pourtant, les gens aiment bien les histoires de criminels. C'est dommage. Tu aurais pu vendre des bouquins, parce que tu m'écoutes pour en faire un livre, non ? Mais réfléchissons un instant à la raison de cette entreprise vaine, car il y a peut-être une explication à ton échec. Tu connais la distinction entre un thriller et un film à suspense ? Je te l'explique. Tu verras, tu comprendras mieux là où le bât blesse dans ton histoire. Dans le thriller, on ne sait pas qui est le tueur, jusqu'à la fin du film. Qu'il se fasse arrêter ou tuer, on est en défaut de cette information. Dans le suspense, c'est différent. Le tueur, on le connaît dès le départ, mais on ignore s'il se fera interpeller ou continuera ses maudits forfaits. Malgré la différence, on est chaque fois tenu en haleine, qui fait le prix de ces genres. Dans ton histoire, le problème, c'est qu'il n'y a pas d'histoire. Tout est résolu dès le départ. Ça manque de respiration. Pas besoin de tenir l'haleine. Ce n'est ni un thriller ni un suspense. Ce n'est rien. Le crime a déjà eu lieu, je te rassure, je t'en parlerai plus tard. Et le criminel s'est fait arrêter, c'est moi. Mauvaise histoire donc, parce qu'on en connaît déjà la fin. Mauvaise d'autant plus que toi, tu ne lui laisses aucune chance à cette histoire. Tu la reconstruis à partir de cette seule fin. Tu cherches dans mon récit à tout ramener vers cette fin. Mais s'il n'y avait pas eu de crime, m'analyserais-tu de la même manière ? Parce que mes problèmes seraient identiques. Alors, dis-moi, si j'étais devenu sapeur-pompier au lieu de tuer l'autre greluche, à sauver le chat perché comme la grand-mère, que dirais-tu ? Que j'ai conjuré la violence en moi pour lui substituer une force contraire ? Que je l'ai déviée de son cours, pour le meilleur à venir ? Tu vois, le malheur, en ce bas-monde, c'est que tout puisse se justifier. Toi, c'est rétrospectivement que tu réécris mon histoire. D'un seul coup, tout fait signe, tout fait sens. Tout s'éclaire. Je t'ai vu faire. Tu as commencé tes questions par le début de mon existence, mon enfance, continué par le milieu, mon adolescence, et tu termineras sans aucun doute possible par la fin, mon crime. Mais cette construction est artificielle. Elle est fausse. En vérité, ton histoire sur moi a commencé par la fin. C'est la fin de mon histoire, mon crime, qui en conditionne le début. Dis-le à ton lecteur. Il faut commencer ce livre par la fin. Le lire non pas de la gauche vers la droite mais de la droite vers la gauche, à partir de sa dernière page. Dis-leur qu'il leur faudra apprendre à lire en arabe car c'est la fin, et non pas le début de mon existence, qui donne sens, selon toi, à ma violence. Mais c'est bien trop difficile de lire l'arabe, alors tu fais semblant. Tu fais semblant de raconter une histoire classique. Mais c'est faux ! Car il faut dire et redire combien ton histoire ne peut pas se lire comme un récit factuel de tous les événements de mon existence. Au contraire, tu naturalises chacun de ces événements de ma vie en vue de mon seul crime. Tu les essentialises. Ton histoire semble répondre à l'accomplissement d'une promesse première : l'éventualité du crime qui était en moi, dès le départ. Ton histoire ne peut donc pas finalement être lue comme une articulation qui va du début vers la fin, selon un principe de progression, comme n'importe quelle autre histoire. Non, c'est autre chose ton histoire. Elle est au contraire construite de façon rétrograde. Sa fin en conditionne l'ouverture : tout en moi ferait crime. Tu ne m'écoutes donc pas pour le plaisir de la conversation, ni fondamentalement dans l'objectif de me soigner, seulement pour me neutraliser, déjà, dans ton discours. Viendront plus tard les médicaments. Mais en attendant, pour mieux me faire avaler la pilule, tu me conceptualises. Tu me réduis. Tu m'enfermes dans un réseau de significations afin de me convaincre moi-même de la nécessité de m'annihiler. Tout, en moi, à bien t'écouter à travers tes questions, conspirait au crime. Tu projettes sur mon avenir l'image que tu as de mon passé à partir de ce seul crime. Tu as scellé mon futur en fonction de ce seul événement le psy. Comme s'il s'agissait de la reprise d'une pièce déjà jouée et dont tu rappellerais non seulement l'argument et le dénouement, mais encore la plupart des répliques, cette décision ne réservant de surprises qu'à ceux qui ne la connaîtraient pas. Mais toi, tu la connais déjà mon histoire, puisque si je suis devant toi, c'est parce que j'ai commis un crime et n'en suis toujours pas sorti. Ce que tu voudrais mettre en histoire consacre un état de fait parfaitement déterminé dès le premier instant de mon existence selon toi. Dans cette histoire, c'est à plus rien n'y comprendre, l'avenir précède le présent. Dans cette histoire rapportée à partir de mon existence, il n'y a donc pas de place pour l'indétermination, mais bien plutôt s'y trouve à l'œuvre la détermination des moyens par les fins, des causes par les effets. D'où il découle, le psychiatre, écoute-moi bien, que le dernier élément de ton rapport est celui qui commande tous les autres développements et que rien ne commande. Mon crime. Celui qui te lira ne fera donc pas l'expérience d'un accomplissement de l'histoire d'un individu — moi — qui se fait sous ses yeux, mais d'un dessaisissement. Parce qu'on ne trouve plus de trame historique, mais la disparition de la temporalité au profit d'une monotonie blanche. Tout est crime chez cet individu. Tu mets finalement en place un langage vertical qui délivre en même temps qu'un message sur mon existence son principe de déchiffrement, son code unique de lecture : mon crime. Ce repli de l'énoncé sur son code de déchiffrement singulier fait disparaître toute forme de distance, la fonction d'échange et de circulation des mots, leur signification. Toute temporalité s'y évanouit. Entre tes soins, je ne suis plus rien. Et même les mots que je garde en moi, même mon silence, même ce que je ne dis pas, me condamnent autant que ce que je pourrais dire pour me défendre. Quand on commet un crime, et je ne m'en plains pas, je constate, quand on commet un crime, plus rien de notre existence n'en réchappe.

Tes questions, la motivation qui est la tienne pour tenter de me comprendre, ne me trompent pas le psy. Elles sont l'apparence et l'alibi causaliste que se donne la détermination finaliste qui est la règle dans ton histoire : le *parce que* chargé de faire oublier le *pour quoi* ? — en dissimulant ce que ton histoire a de concerté, c'est-à-dire d'artificiel : de fictif. Tu voudrais faire croire, en envisageant mon existence à partir de mon enfance, puis de l'adolescence, etc., au sérieux de tes prétentions scientifiques : tu m'observes, tu me décris. Quel beau protocole que voici. Mais je te le dis l'ami. Tu n'es pas en train de faire œuvre scientifique à l'instant de m'analyser par l'effet d'une description détaillée et circonstanciée. Tu écris une fiction que tu t'efforces de dissimuler. Tu m'écoutes te répondre, mais tu ne veux jamais entendre ce qu'il y a ou qu'il y aurait pu avoir de nouveau dans ma vie. M'écouter, c'est en quelque sorte toujours redire, c'est toujours répéter du déjà-dit : mon crime. Tu ne fais que ressasser les plis usés du mot : crime. Ton histoire devient un pur épanchement verbal où s'éteignent les choses et le sens, pour ne plus rien signifier d'autre enfin que le dévidage de la trame temporelle de mon existence. Tu ne m'écoutes donc pas. Tu me reconstruis. Tu me fictionnes. Mon récit devient comme une révélation de l'absolu. Mon crime. Que tu aplatis sur ma vie. Qui ne serait que l'extension de pensées et d'actes contenus en moi antérieurement. Mais, je t'arrête le psychiatre. Si c'était là depuis le départ, depuis un bon moment si tu préfères, en gestation, pourquoi, puisque j'étais à ce point lisible, pourquoi ne pas m'en avoir empêché avant le passage à l'acte ? Pourquoi ? À t'écouter, pourtant, les signaux étaient plutôt nombreux. Et tu vas en rajouter encore par la suite. Alors, réponds-moi ? Pourquoi n'avoir rien fait ? Tu ne réponds pas. Tu ne sais rien, hein ? Mais non, ne t'en fais pas, je te taquine. Je le sais bien, on n'est pas dans *Minority Report*. Ta police n'interviendra pas avant la commission de mon crime. Elle viendra après, quand ce sera trop tard. Alors, vas-y fais ton boulot, petit administrateur des choses perdues. Continue, puisque tu y es presque, tu n'es plus très loin, encore quelques détails de ma vie à rapporter pour faire vrai, pour faire comme si tu faisais le médecin, en continuant de chercher les raisons de mon crime et rassurer qui tu pourras.

Mais, attends ! Je n'en ai pas tout à fait terminé avec toi. Encore une petite pause dans la pause. Depuis le début de notre entretien, tu n'arrêtes pas de dire « *mon crime* ».

Tu n'arrêtes pas de le viser en permanence, ce crime. Mais, bien sûr, il ne s'agit pas de n'importe quel crime le psy. Parce qu'il s'agit du crime d'un fou, n'est-ce pas ? Car pourquoi diable serais-je là à t'écouter en permanence ? C'est bien ce après quoi tu es à la recherche, le psy, ma folie ? Mais c'est quoi ta folie ? Je vais te le dire. Écoute bien, parce que je ne le redirai pas. La folie, c'est ce qui résiste. À la famille, aux amis, aux ennemis, à la société, à tous les autres, mais aussi à soi. La folie, c'est ce point que l'on a en soi, à la recherche duquel il faut partir si l'on ne veut pas périr. Ce point irréductible. L'indemne en nous. La vérité de chacun. Aller vers son éclat. Cette tentation de l'absolu en soi. Mais, le psy, peut-on entendre la question que nous pose ce point : seras-tu capable de m'entendre ? Seras-tu capable de vivre à la hauteur d'une telle énormité ? Alors, bien sûr, ce point peut tourner noir, ce sera la monomanie meurtrière comme la mienne. Ça aurait pu être au contraire la folie don quichottesque. Cette folie sublimée par l'écriture, de tout ce qui résiste. Moi, ce fut le crime. Mon point, je suis tombé dedans. Et toi, essaies-tu vraiment d'aller m'y chercher ou plutôt de m'y enfermer ? Moi, avec tes questions, j'ai bien plutôt l'impression que tu essaies de fermer le couvercle. Si tu fais ça, alors prends bien garde, le psychiatre. À vouloir tout ramener à mon crime, à en chercher les racines, tu pourrais donner le sentiment, à la fin, de me dédouaner malgré ta volonté de m'enfermer. Ce serait un problème, ça. Oui, fais bien attention de ne pas être repris par ce que tu prétendais subvertir : mon crime. À force d'explications, le systématisme de ce crime dans ton discours pourrait devenir plus puissant que ce qui prétendait le détruire ou lui échapper : toute résistance à mon crime serait alors complice de ce à quoi elle résiste, au moment même où elle résiste, même dans ses gestes les plus subversifs. À la fin, ce n'est pas moi qu'il faudrait enfermer. Mais tous les autres responsables de mon crime. Et peut-être que tu serais dedans aussi, le psy. Et puis pourquoi pas Cioran, Michaux, Shakespeare et chacun de ceux que je cite et citerai tant que tu y es, puisque je n'ai jamais parlé de ma propre voix ? Tu t'imagines t'enfermer avec moi à double tours ? Et ceux qui sont morts, comment ferais-tu, dis-moi ? Je t'aurai prévenu, en tout cas.

Je reprends, puisque ce que je dis n'a aucune importance au fond, si ce n'est mon crime pour toi. Comment je vais passer le temps ? Je te le disais, entre l'écriture, le graffiti et la danse. Vingt ans après, je pense encore la même chose. Rien n'a bougé. Mon âme, si j'en ai une, est restée la même. Depuis toujours. Depuis l'enfance, la même envergure, la même aire de pensées. À l'adultescence, aucune variation. Même âme, dans un corps devenu trop grand. C'est ainsi qu'adolescent, lorsque mon asthme a disparu, je me suis mis à courir. Beaucoup, pour lui en faire connaître chaque paroi. De gauche à droite. De haut en bas. À courir pour qu'elle se sente moins seule. Vainement. Je me sens toujours incomplet aujourd'hui. En mode bilboquet, j'attends toujours de combler mes trous.

Comment ? La course à pied t'intéresse aussi ? Dis

donc, je suis un vrai sujet d'observation ! Tu voudrais en savoir davantage ? Pourquoi ? Donne-moi tes raisons ! Tu y vois un nouvel élément structurant, comme tu dis, de ma personnalité qui pourrait t'éclairer ? Parce que la course devient immédiatement mon régime alimentaire, à courir parfois trois fois dans la journée, le matin aux aurores, le midi puis le soir ? Qu'à cette extrémité-là tu penses que cela en devient pathologique ? Que c'est une activité authentiquement autistique ? Ou bien au contraire penses-tu que courir m'arrime au roc du réel, à sa dure réalité ? Parce que je cours sur l'asphalte ou terrain meuble ? C'est ce que te disent les coureurs, cette sensation d'être en lien avec les éléments naturels ou artificiels ? Bêtise ! Je vais te décevoir le psychiatre. Je cours pour enfoncer le clou. Je cours dans l'espoir qu'à chaque foulée, frappant le sol du pied, je rapetisse et entre en terre à tout jamais. Je cours, et de plus en plus vite, participe à des championnats de France, plus vite, toujours plus vite, vingt-quatre kilomètres heure de moyenne, pour disparaître tout à fait.

Je m'égare ? Mais c'est toi qui pose les questions ! Et puis, quand je cours, il n'y a pas de trame. Ne t'étonne pas que, me plaçant sur ce terrain, il n'y ait pas de ligne directrice dans ce que je te raconte. Et puis, je te fais confiance, de l'ordre, tu vas en mettre dans tout ce fatras. Et puis quoi ! Un désordre n'est-il fait que d'un seul bruit ? Toi, tu veux du concret. De la matière. Le collège ? Parce que chez toi ça vient après la primaire ? Je te vois venir encore. Tu voudrais que je te parle de mon rapport à la violence, parce que tu l'as encore lu dans mon fichu dossier ? Tu penses qu'elle irait croissante, du berceau jusqu'au jour fatidique, en ligne directe ? Ce serait tellement plus simple, plus accommodant pour toi. Et puis ça te rassure de m'institutionnaliser, plutôt, de voir comment les institutions ne sont pas parvenues à me cadrer. Tu ne vois que des cages, moi la lumière qui pousse du dedans. Mais laissons cela de côté. À partir de ton collège, donc, puisque tu souhaites que je t'en parle, je m'affermis. Les pieds sur terre ? Me voici plutôt bien avec mes gros sabots. Mon côté chevaleresque. Fais le zouave. Sans être le fou de personne. Je préfère ne pas manquer d'air en attendant de rendre mon dernier souffle. Fous le bordel en classe. Finirons bien tous par m'aimer comme l'auteur de l'enlèvement. Je n'ai que ça à faire. Provoquer. Je ne suis pas un matheux. Ni ne serai khâgneux. Un *lépreux,* disent les profs. La section LEP, j'y échapperai pourtant de justesse. Ce n'est pourtant pas faute d'avoir essayé. Agir comme débauche.

En 5e, cours de musique. La professeure a pris l'habitude de faire appel à un élève pour aller chercher avec elle la chaîne hi-fi dans un petit local qui se trouve en bout de couloir. Vient mon tour un jour. Arrivé devant la porte du local qu'elle ouvre, je la pousse à l'intérieur et l'enferme à clé. Je reviens en classe. J'ai décidé. Ce sera moi le professeur de musique désormais, flûte à bec contre les tables, à faire battre la mesure à chacun. On a bien ri. Une semaine de renvoi. J'accepte de me laisser aller à la dérive.

Durant la même année, le professeur d'EMT, oui, ça

existait encore le cours d'Éducation Manuelle et Technique le psy, le professeur d'EMT, donc, a pris l'habitude de me punir dans la grande poubelle verte qu'il avait dans sa classe. À chaque blâme, son doigt me montrait la direction. Je me glissais à l'intérieur, il en refermait le couvercle. Et lorsqu'il m'arrivait de le soulever un peu de la tête pour y voir plus clair, il m'envoyait de ses nouvelles sans transiter par voie postale, par l'éponge ou la craie.

En 3e, cours de français, début d'année. À l'instant d'entrer en classe, qui est toujours ouverte, je me glisse derrière le grand rideau opaque proche du bureau. L'enseignant arrive, fait l'appel, je suis absent. Jour de dictée. Il la débute. Grand silence, lui à faire des allées et venues son texte à la main quand, approchant de son bureau, je le ceinture de toutes mes forces toujours depuis le rideau. Hurlement. Et il crie, et il crie Ah ! Ah ! Tombe par terre, se tenant le cœur des deux mains. Ce qu'il m'a fait peur cet imbécile-là. J'ai bien cru qu'il y resterait. De nouveau le renvoi. On ne se refait pas la fatalité.

J'avais également mes petites habitudes le psy. Je demandais parfois à sortir d'un cours sous un prétexte fallacieux, pour aller satisfaire un besoin pressant. En me rendant aux toilettes du premier étage, j'ouvrais la fenêtre qui donnait sur un rebord large d'un mètre au maximum, qui longeait tout le bâtiment. Je pouvais ainsi le parcourir de l'extérieur pour me retrouver face aux classes. Et tantôt je grimaçais, tantôt je me trémoussais, tantôt envoyais un projectile. Je parasitais l'espace discursif du cours.

Il y a eu bien d'autres moments moins drôles. En 3e, cours de maths, le professeur ne me supporte plus. Me demande de quitter la salle, vient se positionner contre moi. Me toise. Je le pousse et, reculant de plusieurs pas, vient percuter le promontoire de son bureau. Se cogne la tête violemment. Renvoi. Renvoi. Encore renvoi. Cours de français, la même année. L'enseignant me fait rappeler du cours d'histoire-géo afin que je recopie mon devoir pour ne l'avoir pas fait au stylo plume, comme il l'exigeait toujours. Je refuse. Une chaise puis la table volent. Renvoi. Cours de musique, encore, dans un collège différent. Je viens avec mon radio-cassette que je mets en marche à l'instant du cours de solfège. Le ton monte. L'enseignante sort de ses gonds. Je l'invite à sauter par la fenêtre afin de prendre l'air. Elle l'interprète comme une menace de mort. M'insulte. J'écume comme les chevaux. La gifle. Et de conseil de discipline en conseil de discipline, et patati, et patata. Tout ce bruit. Comme le ressac, moi pris dans mes vagues. Mal à l'aise de partout, toujours en attente. Avec cette envie de tout remettre en cause, de m'acculer au pire.

Évidemment, la plupart du temps, c'est le grand blanc en classe. Il ne se passe rien. Les profs ont pris soin avant le moindre cours de m'envoyer en permanence ou bien encore de me transférer en classe de 6e lorsque je suis en 3e. M'enraciner, tu le vois bien le psy, est impossible, j'habite un lent vertige. Cette force qu'il faudrait pour dominer mon égarement, la somme de patience qu'il faudrait déployer pour simplement m'endurer, j'en aurai finalement toujours manqué, faute d'avoir accepté mes faiblesses. Quoi ? Que dis-tu ? J'ai voulu me secréter une certitude, que j'ai appelée ma vérité, le personnage que je me suis fabriqué pour ne plus apercevoir mon ventre mou ? Ce que j'ai pris très au sérieux, comment donc les professeurs auraient-ils pu le contester ?

Ton avis, comme le leur, à vouloir bureaucratiser les imaginations, j'en ai vite fait le tour, le psy. *Un grand pont. Les profs ont le bras long ? Ça me fait une belle jambe comme Garrincha.* Veulent m'enseigner quelque chose ? Je dépends d'eux pour mon orientation ? Peuvent rien pour moi. Je suis le sang impur entonné par les sportifs. Un porte-chaos comme d'autres sont des porte-drapeaux. Me demandent d'être poli. J'arrive à coups de pointus. Reste à avaler leurs couleuvres chaque jour. Mon crâne devient un foutu vivarium. Je vis en marge dans la classe, une rature de cancre, ne peut que viser les contours tant je suis en rupture de centre. Je ne représente aucun courant, sinon la pêche qui les traverse. Voudrais mettre fin à leurs carrières. Les mettre au tapis comme Apollo Creed.

À quinze ans, je n'ai pas la gueule de Keanu Reeves, pourtant suis déjà bien speed. La direction du collège m'oblige à me faire suivre par un psy, déjà. Mais n'aime pas l'apnée. Ça cause, ça cause. L'ivresse des profondeurs sans la beauté des fonds marins.

Après le collège, parce qu'il faut bien décider, je fais Math'ZEP. Fatigué d'être jeune pour avoir dépensé autant d'énergie. Je viens des fragments. Une déflagration, ma chair prise dans les os. Arrive au lycée, la boule à zéro, pour le reste, je peux bien me brosser. M'ennuie toujours autant. Paraît-il, l'ennui en classe est l'une des caractéristiques de l'enfant précoce. Mon génie doit bien sommeiller. Un analphabète, plutôt, dans le Quartier Latin. Rapidement, à mon égard, je n'en ai plus aucun. Jamais le temps de pénétrer plus avant cette vie. Mes envies toujours trop courtes. Un micro-pénis un soir d'hiver. J'abrège mon échec scolaire. N'irai pas plus loin que la classe de 2nde. Ils m'envoient en BEP, pour me changer les plombs. Électricité. Surcharge. Me fais renvoyer. *Pas de bac, pas de Terminale. Juste connu de la BAC et de leur terminal.* Personne n'arrive à me supporter. Je suis pourtant ta respiration, toi le questeur, le pore auquel tu me ramènes, ton point noir.

Après le lycée, parce qu'il faut bien aller vite, tu me poses des questions mais regardes en permanence l'horloge qui tourne — tu as un autre rendez-vous ? Un autre patient ? Un autre fou ? Des enfants à aller chercher à l'école ? Parce que tu as une vie en dehors de la folie ? Comment est-ce possible ? Comment parviens-tu à t'en extraire toi qui es incapable de m'en sortir ? — après le lycée, donc, mes diplômes fantômes, je ne sais pas vraiment quoi en faire. Au guichet du Mont-de-piété, l'ANPE pour le commun des mortels, on ne monétise pas la foudre. J'allais y déposer ma condition, ma collection d'angoisses, mes expériences, conserver quand même une poignée d'espérances mais décide finalement de partir faire mon service militaire. Pas de me faire réformer comme mon frère. Il y a du sport, c'est bon pour mon désordre. Je vais tenir une semaine. Pourquoi, me demandes-tu ? Tu le sais bien le psy. C'est dans mon rapport. Pourquoi s'y appesantir ? Qu'est-ce qui t'intéresse dans cette histoire ? La gifle ? Tu veux encore m'entendre là-dessus ? Si tu insistes ! Le deuxième jour de mon arrivée, donc, footing. Je prends la tête, m'envole vers les sommets. Personne ne peut me tenir. C'est l'année où je suis champion de l'Essonne, rate un autre titre, parce que je tombe juste avant la ligne d'arrivée devant celui qui ira représenter la France, plus tard, aux Jeux Olympiques, à la course du Figaro. À dix ans, j'étais asthmatique, le corps bouffi par les médicaments. À seize ans, vu que la souche retient l'Homme, passe mon temps à courir, bouffe mes pieds par la racine. Cours quand mes copains ont du mal à suivre le rythme quand ils sont à vélo. Alors, la France, je vais lui montrer. Je représente. Je suis devant. Fer de lance de l'armée de terre. J'entends même les encouragements, coups de sifflet incessants de mon instructeur. Plus personne ne peut m'arrêter. Tellement fort que je suis convoqué le soir par mon capitaine, pour me féliciter. L'armée, c'est la loi du nombre. Solidaire. Un seul chiffre, le groupe. *On n'abandonne pas son groupe. Vous êtes un imbécile. Vous n'avez rien compris.* Je réponds. *Taisez-vous !* Trop tard. *J'ai mis la main quand il ne fallait pas. Suis pas Diego Maradona.* Le cogne, et ça se voit. Mis aux arrêts, serai réformé bien malgré moi. À part parqué dans les commissariats — la première fois, je ne t'ai pas raconté, c'était à onze ans, interpellé devant ma mère dans un parc municipal par plusieurs policiers, en cause, j'avais volé avec des copains dans une épicerie du coin, embarqué au poste, pour l'exemple — à part parqué dans les commissariats, donc, j'ai jamais su me taire face à une injustice. Fidèle au poste. À défaut de ne pas trouver ma voix, j'élève la mienne. Gueule. Mais à quoi cela a-t-il servi ? Ce n'est pas ma jeunesse qui a fait les gros titres, j'ai perdu mon temps à me tromper de fautif. En moonwalker depuis que je suis petit, à l'envers de ma vie. À mesure que je me marche dessus, suis devenu une éclipse. Ma vie ? Entre deux rondes. Du sable de mon enfance à la BAC, me retrouve dehors, Rémi sans famille.

Après m'être fait réformer, retour à la maison, chez les parents. Rien à faire. Je sors de plus en plus le soir. Égaré volontaire la nuit, je me change, deviens lycanthrope. Tête garou, les rêves baissés. Pourquoi la nuit le psy ? La nuit n'attrape jamais froid. Aux yeux ou bien où que ce soit. Les soirs de pleine lutte les lumières sont insoumises. J'y suis bien. J'ai enfin la gueule de l'emploi. La nuit, on lit mon rapport à l'ordre et la justice. Les anges m'y aiment comme le feu le bois sec. Je lui dois le sens du vent, à ne pas suivre. Mes peurs y deviennent loquaces. J'écris des frasques que personne ne voit. Je clocharde seul. Confonds la faim et l'envie de fumer, sous un lampadaire qui a tout l'air d'une clope allumée. Les gens, on se regarde comme un lendemain d'élection. Je traîne, le teint blême-pro. Ce que j'aime dans la nuit, c'est qu'on me demande moins ce que je fais dans la vie. La nuit, c'est personnel. Pour y être autant, je ne devais pas faire les miennes enfant. La nuit, faut bien s'occuper aussi. Larcins au menu. Mais nulle part où coucher. Avec la gueule que j'ai, je ne tombe que sur des hôtels complets. Mais avec ou sans moi, ce que j'aime, c'est que la nuit se lèvera. Que c'est par la nuit que le jour s'enlève. Par la nuit que se déchire la mauvaise peau. Alors j'y retourne chaque soir le psy.

Chez mes parents, je me sens seul, l'impression de sortir de nulle part, *c'est pourtant pas que je viens du Liechtenstein, toute une famille derrière moi comme Little Miss Sunshine*. Mes potes. On traîne ensemble. Tous en survêt/baskets, on joue les marges. On est aussi cloné que leurs costards cravates. On leur jette la pierre, mais ça pue l'ordre et l'uniforme chez nous. Le bétail croit toujours lutter depuis sa servitude. On n'est rien que des hologrammes. Des gens projetés. Réels, mais pas traits. Des bénis non-non. Mais ça ne change rien. Je leur donnerais bien volontiers mon tee-shirt, vulgaires guillotinés au maigre col. Allez, encore un effort ! Nouez vos artères et serrez-les jusqu'à l'asphyxie.

Soudés dans le groupe ? Une famille ? On se massacre plutôt les uns les autres depuis qu'un jour des gosses poussèrent. « *Laisse pas traîner ton fils* », pour lui épargner cette guigne ? Laisse-le plutôt frotter le sol, qu'il redevienne poussière. On se serre les coudes ? C'est la faune. On appelle ça le zoo. Un après-midi, je me balade avec trois copains.

On croise des types d'un autre quartier à l'extérieur d'un grand centre commercial, bien plus nombreux. Nous barrent le chemin, prennent nos casquettes. Mes copains détalent. Chacun pour soi et Dieu nulle part. Je suis bas du front. L'intelligence d'une barre de fer. Réplique. Prends la casquette d'un autre type. Frappe à la volée, puis m'enfuis. Me prennent en chasse. Je cours plus vite. Leur échappe. Prends un escalier. Manque plusieurs marches avec mes Caterpillar aux pieds. Tombe. Un car de CRS plus loin, cherchent à comprendre, nous tendent la main, coups de matraque à l'appui. Suis arrêté, ramené chez mes parents, une nouvelle casquette à la main, une dent en moins.

La banlieue, c'est là où je vis avec mes parents. Il faut bien habiter quelque part. Tu veux que je t'en parle aussi ? Pourquoi ? Que veux-tu y découvrir que tu ne connaisses déjà ? C'est quoi cet intérêt maintenant pour ma vie de banlieusard, comme tu dis ? Tu crois quoi ? Que je ne te vois pas venir avec tes questions sur la banlieue comme sur mon enfance, ma scolarité, et bla-bla-bli et bla-bla-bla. Tu voudrais quoi ? Y tracer encore mon rapport à la violence ? C'est donc ça. Tout s'expliquerait selon toi ? Tout aurait une origine ? Du moins des facteurs plausibles et congruents agissant à la manière d'un faisceau d'indices, comme tu dis dans ton langage châtié ? Tu y trouverais là le lieu de la gestation, de ce qui s'y tramait sournoisement ? C'est ce qu'ils t'ont appris dans tes Facultés ? Misère de la pensée. La banlieue, donc, puisque cela t'intéresse. Mais tu n'en sais pas suffisamment déjà ? Ça parle de banlieue en permanence pourtant. Ton savoir n'est-il pas fait sur ce point ? Mais comme si ça existait ta banlieue. Comme si ça formait une entité naturelle, parce que cela te rassure, une réalité constituée d'une seule et même communauté d'espèces comme d'intérêts. Travail homicide de l'esprit. Lorsque j'y vivais, je vais te le dire le psy, ça n'existait pas La Banlieue. Pas plus hier qu'aujourd'hui, j'en suis sûr. Seulement des gens qui étaient là, pas en un autre endroit. La banlieue, qu'on a mise au ban. Le lieu du ban. La mienne, coupée du centre ville, barrée par une gare, une rocade, enfermée dans son fantasme, pour ceux qui s'y trouvent comme ceux qui ne font pas partie du nombre. 9-1, 9-2, 9-3, 9-4, 9-5... Des chiffres comme on trace la viande. Dans leur inventaire se formule un Paris de « *Classes laborieuses, classes dangereuses* ». Mais personne ne s'imagine que dans ce désordre reconstruit par des architectes, la banlieue est une constellation, avec son centre et sa périphérie, où se rejouent à l'infini les mêmes mises qu'en dehors de ses frontières. Personne ne s'imaginera que pour les autochtones, ceux du cru, des hiérarchies sont à l'œuvre, des classes sociales s'affrontent. Et c'est ainsi que certains bâtiments comme quelques paliers font des envieux pour ceux qui y vivent. S'en sortir, c'est en être. S'émanciper, c'est habiter la tour enviée, le bon étage. Mais jamais plus loin. Il y avait ce garçon, dont j'ai oublié le prénom, que je voyais souvent le samedi. Il ne vivait pas là. Il était gardé par sa grand-mère. Il vivait en dehors du cercle. Il amenait souvent ses jouets dans le bac à sable. Je me souviens, des Big Jim, ces figurines dont on pouvait changer le visage en tournant l'un de leur bras. J'étais fasciné. J'aurais voulu être ce Big Jim. Remodeler mon visage à ma guise. Puis partir, loin, pour d'autres aventures. Mais l'Ouest n'existe pas en banlieue. Je ne m'imaginais même pas pouvoir vivre un jour dans son pavillon, à ce gamin, fût-il lui aussi de banlieue. D'ailleurs, la chose existait-elle vraiment ? On trouvait bien des zones pavillonnaires, la preuve, ce gamin y vivait, mais je n'étais pas dupe. Décors de carton pâte permanent pour me faire croire qu'à côté de ce merveilleux-là, sa fantasmagorie, ses légendes, existait la réalité. Le roc du réel. Moi, nous. Pour me faire accroire qu'il y avait des échappées possibles en dehors du quartier. On a l'imaginaire qu'on peut. Le mien était barré. Au-delà de mes montagnes, rien. Chacun son Everest. Au-delà, même en périphérie, c'était le petit-bourgeois. L'Autre. Tous les autres. Les Envahisseurs, avec leurs doigts bien levés au premier rang de la classe.

J'aimerais bien te dire aujourd'hui que je n'étais pas si différent d'eux. Que je leur ressemblais. Qu'il y avait du lien. De la possibilité à l'œuvre. À plusieurs, on pouvait s'en sortir. Je ne le crois toujours pas. Je me demande : qu'est-ce qui nous rassemble, moi et le petit-bourgeois ? Les larmes. Mais les leurs semblent perler lorsqu'elles coulent, hein Man Ray ? Ce qui nous rassemble ? La sueur. Mais la leur dit le bel effort de la santé, cinq fruits et légumes par jour. Ce qui nous rassemble ? Le sang. Mais le leur se monte bleu. Ce qui nous rassemble ? Les excréments. Mais lorsqu'ils en font de l'art mis en boîte de conserve, elles se limitent à 90. 90 boîtes de conserve Piero Manzoni. La mienne est infinie.

La Banlieue. Avec tes majuscules. Moulins à vents. Des banlieues dans la banlieue, ça oui. Car il y en a de la diversité, pas simplement de nationalités. Dans le quartier, des quartiers. Autant de divisions, de genres, classes et sous-classes que de têtes tronchées et ceux qui voudraient n'en être pas. Dans celui de mon enfance, la tour 80, maudite, qui faisait partie des bâtiments du haut, le sérail, engeance de la mauvaise graine ; ceux du bas, de taille plus modeste, lumpen prolétariat du prolétariat, dégueulasses, la mine ; les bâtiments jaunes, excentrés à la périphérie du quartier, plaque tournante du trafic de drogue en raison sans doute de leur positionnement géographique — la main gauche du quartier — ; et puis à l'autre extrémité, sur sa droite — ça ne s'invente pas —, cerclés dans ses digicodes comme ses grillages et portail fermé, les non-HLMisés, immeubles dont les autres étaient les propriétaires comme les gardiens d'un secret. Mais comment avaient-ils fait pour arriver là ? J'avais un copain qui y vivait. Un type qui faisait du football avec moi vers l'âge de dix ans. Parfois, le mercredi, jour de l'entraînement, j'allais frapper à sa porte pour partir ensuite ensemble. J'arrivais toujours un peu plus tôt pour avoir l'occasion d'aller dans sa chambre. Tout me paraissait si beau chez lui. Des souliers neuf, de partout. Et ses jouets. Ses jouets. Il avait une console Atari, la première du genre. Je le regardais jouer à Pac-Man de longues minutes. Je n'ai jamais osé lui demander une manette. Prendre sa place. Comment aurais-je pu ? C'était moi le fantôme qu'il poursuivait.

Dans cette France banlieusarde, finalement, contrairement à ce que tu crois le psy, pas d'union sacrée. On y rencontre autant de variétés que de clichés à leur endroit. Certains de mes congénères — les jeunes, comme si ça existait aussi (« *Ne soyez pas de votre génération, faites comme si vous étiez en l'an 3000* »...) — s'arrosent d'essence sans payer le jerrican. Tiennent les murs, mais pas du bon côté. Brûlent parfois des voitures. Et si plus aucune assurance ne les prendra en risque incendie, des sociologues sondent. Reins et cœurs, il faut ordonner la circulation. Donner du sens. Ils pensent avoir la solution : brûlez, mais brûlez utile ! Formez autour un projet politique. Même les révoltes, dans leur vocabulaire, ont un fonds capitalistique. Détruire pour s'augmenter. Mais brûler des voitures pour rien, comme on peint et chante inutile ? Il y a bien des happenings. Si la bêtise fait dans le pointu, il faut que ça brûle aussi. Consume la consommation. Et dans cette combustion éphémère, espérer que tout se perde. Sans doute voudraient-ils, mes camarades charbonnant, entretenir eux-aussi la flamme. Ils foutent tout en cendres. Moi non plus, je n'ai jamais rien vu. Où est donc ce foutu feu, que j'y mette une main ? Reste l'évasion, pour s'en sortir. S'élever là où ils ont mis la barre. Mais les bâtiments paraissent bien infranchissables. Tout le monde voudrait s'échapper, mais la tour a l'instinct trop maternel. Certains parlent de retourner en Afrique. Même quand elle est rouge-sang, ça circule, ça vit. Au moins y a-t-il l'espoir d'un retour, aussi vain soit-il. Mais retourner vers quoi ? Eux qui ne connaissent qu'une terre rouge-sans ? Un buvoir. Terre avalée et décolorée.

Alors d'autres ou les mêmes, en période d'accalmie, font le piquet. Radeau de la Méduse sur ciment. Observent les gens depuis leur banc, qui fait chaises longues l'été. Sont passés des pyramides à la banquette en béton. Du grain de sable au ciment. Il y avait au moins du mouvement à l'époque. Ils ont les pieds pris dedans maintenant. Personne ne se plaint. Ne demande un retour. L'âge d'or est toujours devant. Sur leurs bancs, font l'effet de Dieudo' dans un dîner du CRIF. À attendre aussi longtemps forment une parenthèse. N'atteindront pas cinquante ans. Vivront toujours en quarantaine. Ces bancs pleureront-ils un jour leur absence ? Non, le temps se fichant d'eux mâchant son réglisse. En attendant, vendent du rêve en barre kaki lyophilisée. La coulée verte du quartier. L'or vert, l'herbe. Certains font le guet, d'autres attendent sur une chaise le client. Collés sur la chauffeuse ou statufiés dans un hall. Ils sont de marbre. Assis sur leur monde, se rêvent en *Monsior*. Mais il n'y a pas de trésors sous ton banc, en bas de ta tour, seulement des échappées possibles dans le piano d'Art Tatum. À faire du bruit, mais tu restes assis sur ton banc en effrayant que les pigeons blancs. Pour toi, il ne sera jamais l'or Monsieur. Le trafic de stupéfiants, une trop petite entreprise. Rien entre le grossiste et le commerçant. Faute de personnel, faute de moyens, le C.E., pour cadeau de Noël, t'offrira seulement le séjour à Fleury.

Aussi, la majorité, les plus lyriques d'entre nous, s'assassinent aux rêves. Vont à l'école. Don Quichotte.

Exulter dans les creux, c'est se mettre à l'abri. Oublient que la forme des nuages n'est qu'un divin prétexte pour nous faire gober le reste. L'âge aidera-t-il ? Sur la main, les plus anciens ont tatoué *mort aux vaches*. Trois points dégueulasses qui forment triangle. Une société secrète. Illuminatis sans pouvoir. Traînent à quarante ans en bas de survêt' et chaussons. La révolte mène droit à l'hôpital. La vraie rébellion, ce sont les vieux. Gris et ternes, pour ne pas attirer l'attention. Courbent le dos pour ne pas être aperçus. La vraie racaille. Silencieux comme la Camorra.

J'y fais quoi, moi ? La même chose que les autres, me disperse en évitant la surchauffe. Comme ça grouille de partout l'énergie, le contrôle devient le sujet de ma vie. Avant la survenue des flics, BAC, CRS & Cie, il faut que j'apprenne à m'éplucher les humeurs. Ici comme ailleurs, ne pas être trop visible. Maintenir le contrôle. Sur une existence, à l'école, dans son emploi, sa maison, son territoire, sa déchéance. Mais comment exercer le contrôle sur une défaillance ? Ce qui se joue, ce n'est pas tant l'histoire d'un contrôle qui se perdrait à cause de la survenue d'un élément perturbateur. Un accroc dans son destin. Au quartier, c'est le récit d'une syncope qui se prendrait pour un battement de cœur. Puisqu'ils m'ont laissé les bancs comme les halls, agir ne sert à rien d'autre qu'à s'y abîmer les dents. Violemment, tu penses ? Ce que tu suggères est intéressant. Tu es là à espérer je ne sais quoi de moi, toujours avec autant d'application, le plus grand sérieux du monde, mais ce sérieux qui, d'emblée, me place sur le terrain de la violence. Comme si elle m'était naturelle. Comme si elle était consubstantielle à mon être. Mon rapport à la violence ? Je ne sais pas ce que c'est la violence dont tu me parles. Est-elle la même partout ? En as-tu la même conception que moi ? Ta résistance à son déchaînement est-elle semblable à la mienne ? Où placer le curseur ? Et qui en décidera ? Alors, de quoi parles-tu ?

Enfant, on avait un rituel chaque année, lorsque les marronniers nous offraient leurs balles lorsqu'elles tombaient sur le sol. Par équipe de cinq ou six, selon les saisons, on se répartissait, puis s'armait des marrons trouvés çà et là, ainsi que de boucliers de fortune faits de cartons. Chacun se logeait dans un coin du quartier, puis l'assaut débutait. Il s'agissait d'aller débusquer les autres équipes dans leur secteur. Chaque victoire voyait grossir son équipe des prisonniers faits. La victoire finale appartenait à l'équipe qui se grossissait de toutes les autres. À coups de marrons dans les jambes, le corps et la tête, indistinctement. Personne ne s'en est jamais plaint. On attendait au contraire chaque année le retour calendaire des marrons. De la violence ? Est-ce ainsi que tu vois les choses ? Lorsqu'on jouait au football, sur le terrain jouxtant la chapelle du quartier, on avait un jeu particulier, la Suisse. Un seul gardien de but, et chacun pour soi contre tous les autres, à essayer de se qualifier pour le tour suivant en marquant un but. Le dernier sur le terrain, qui n'était pas parvenu à marquer le moindre but, se faisait éliminer. Avec sanction à l'appui. Lui était réservée la pichenette. Les qualifiés, les uns après les autres, tour à tour, lui arrachaient quelques cheveux sur la tempe. Ne s'arrêtaient que lorsque ça saignait. Et ça finissait toujours par saigner. Qui s'en est ému ? Toi le psychiatre, qui prends des notes m'écoutant ne rien dire ? Tu en veux encore de ta violence ? En classe de CM2, on avait un autre jeu, un jeu de classe, lorsque le maître sortait de la salle, pour une raison quelconque. Bataille rangée de classeurs et compas qu'on s'envoyait à la figure. De la géométrie en 3D. Droite, segment et plan de plein air. Et malheur à celui qui avait oublié son bouclier. De la violence, on s'amusait. Toi, tu la prends au sérieux, comme un « *phénomène de société* » que tu dis. Je ne t'en veux pas. Les chaînes d'infos en continu comme certains programmes s'en repaissent. La violence. Entamer l'ange par une aile. Mais il y en a partout, de la violence. Avec ton idée saugrenue qu'il y en aurait une bonne, une mauvaise. La tienne, la mienne. Celle que tu légitimes, celle que tu blâmes. Dès lors que la violence serait au service d'une action, elle deviendrait louable, c'est ça ? La violence, ce serait le combustible de l'action, l'énergie nécessaire à son accomplissement. Violence ritualisée, donc acceptable. Ton action louable réclamerait son droit de dépense. Et son droit de violence. Aller au charbon chaque matin. Obtenir son gagne-pain. Tu pourrais ainsi te repaître sans mauvaise conscience de ta violence à la petite semaine. Ta violence ordinaire. Mais obtenir un lopin de terre, un travail, un diplôme, ce n'est jamais possible qu'au prix d'un arrachement. À quel prix s'obtient ton geste le psy ? Réfléchis-y ! Violence. Violence inaugurale. Violence à soi. Violence aux autres. La violence, ou son combustible l'énergie, n'est pas le moteur ou le mal nécessaire à toute forme d'avancée. C'est une construction mythologique, élaborée après-coup par les tiens, pour légitimer son exercice. La violence n'a d'autre fin qu'elle-même. Motif circulaire, elle tourne dans des lieux bouclés au centre desquels elle ne peut que tournoyer, s'emballer et acquérir force et vitesse. La violence est une pure puissance de perturbation. Ton triomphe, ce que tu célèbres chaque jour en t'en glorifiant, *à moi le job, à moi le concours, à moi le podium,* s'obtient par soustraction de tous les autres, ceux dont il t'a fallu te désencombrer. Un geste violent en est à l'ouverture. Éliminer. Faire l'économie de. Parce qu'il y en a de nombreux qui resteront sur le carreau. Il n'y a donc pas deux points de vue possibles sur la violence. La tienne, la mienne. Il y a la violence. La même pour tous, qu'elle soit feutrée ou non. Soit on la voit, soit l'on se crève les yeux comme toi.

Dès lors, mon problème au quotidien, dans le quartier, est le même que le tien, il faudrait que je puisse agir. Dépenser mon énergie. Comme toi le psychiatre. À chacun, bien sûr, de tirer ce qu'il pourrait de son mélange. Mais ton terrain de jeu est sans bornes quand le mien est cerclé, l'aire d'usage comme de gaspillage du tien illimitée. Dès l'enfance, tu as les clubs de tennis, la danse classique, les cours de musique. Tu y brûles ton énergie. Tu te domestiques. Au bas de ma tour, les cours de solfège se résument aux sonneries des portes quand elles ne sont pas encore éventrées. Le tennis, un sport qui se pratique à la télévision. La danse classique, un repaire de rats. De notre côté, c'est sûr, on a bien notre truc à nous. Du fait sur mesure. La Maison de quartier. Avec sa peinture moche et ses portes qui ne claquent pas à l'intérieur, parce qu'il n'y en a plus. Quelle chance de nous avoir fait une maison rien qu'à nous, penses-tu, avec tout un programme où se concentrent les énergies en veille. Tournoi de ping-pong. Tournoi de foot. Tournoi de vannes en continu. Tournoi. Tournoi, ça, c'est sûr, on tournoie sans fin et sans but. Au quotidien, donc, même si tu te réjouis qu'on ait un toit au-dessus de la tête, pas grand chose à faire souvent. Ou trop à faire. Et quand ça bouge, s'agit d'une drôle d'action. Une action qui tourne en rond. Qui finit par produire de la débilité. De la désaction. Qui, s'épaississant, va se concentrer en un point culminant. Jusqu'à son expression *apocalyptique*. À la fin, un jour, pour rien, ou pour quelque chose. Mais une violence qui ne sera plus contrôlée par une fin. Ton tennis, ta musique, ta danse. Une violence qui deviendra la fin. La violence pour la violence, comme on a brûlé une fois la Maison de quartier parce qu'il fallait bien refaire la peinture. Cette violence disproportionnée, tu t'en étonnes, mais elle apparaît chaque fois que l'action manque à l'énergie, c'est tout ! Il faut bien que ça suppure quelque part, l'énergie. Il faut bien que ça sorte. À force de s'épuiser dans un combat métaphysique (*que faire de mes journées ?* n'étant que l'expression au millimètre de La question : *que faire de ma vie ?*), l'énergie de chacun, ne trouvant plus dans l'action matière à se consumer, s'accumule en une force explosive qui n'a d'autres raisons que sa propre dépense comme cette phrase qui n'en finit pas de vouloir te convaincre sans y parvenir. La violence, c'est toujours un rapport non réconcilié entre une énergie et une action qui la consomme. Mais ça, est-ce que tu l'as compris ?

Et puis toi le psychiatre, est-ce que tu es déjà venu voir la vie comme on va au zoo dans mon quartier, comme ils disent ? D'ailleurs, tu ne trouves pas que c'est un drôle de nom le « *quartier* » ? Mais le « *quart* » de quoi ? Le « *quart du monde* », comme le nom de cette association pour les pauvres damnés ? Le « *quart* » d'une heure, pour dire notre impatience face à la grande Horloge ? Le « *quart d'heure de politesse* », et puis après on rudoie ? Le « *quart d'heure américain* » pour éviter de se la mettre aux fesses ? Le « *quart* » comme on prend son quart, faire sa part, mais de quoi ? quel travail ? quand il t'en reste encore trois autres, des quarts, pour faire une heure ? Oui, ce doit être plutôt cela. Parce que je suis certain que tu dirais la même chose que le quidam qui passerait par là par hasard ou pour rendre visite à quelqu'un. Comme celui qui n'y vit pas, tu t'étonnerais toujours que rien ne semble se passer dans mon quartier. Rien. Non pas que chacun soit dans l'inaction. Chacun ne faisant rien et se regardant ne rien faire. Non, chacun fait des choses, tu le constaterais bien, discute, se promène, jette le contenu de ses poubelles comme va chercher ses enfants à l'école. Mais ça s'agite plus que ça n'agit, c'est cela que tu te dirais. Chacun confondant le monde réel et cette réalité malade. En de l'action à perte, chacun vaquant à ses occupations, dans un sans queue ni tête inconscient. Dans l'esprit de ce quidam qui passe par là comme le tien ne demeurerait que la déception d'un spectacle manqué. Rien ne s'y présenterait qui renvoie à la violence dont tu craignais être le témoin, tout en la désirant. Rien. Une action en déperdition. Tu n'apercevrais même pas que ce rien est en puissance. Une violence qui tourne au ralenti. Qui s'accumule comme le vide dans une bouteille, jusqu'à la faire exploser.

Cette vie au quotidien m'a longtemps fait croire qu'il y avait encore quelque chose qui bougeait. L'assumant, mais de façon détournée. Une vie qui croyait encore aux enjeux. Aux directions. D'où je partirais en sachant où aller. N'ignorant pas qui était qui, le bon comme le méchant. Une existence valorisant l'action. Dont la narration se développerait par un arc extrêmement simple : développement – explosion – résolution. Dont la fin résoudrait l'énigme que je m'étais posée au départ. Comme les autres, j'ai fait semblant de croire au progrès dans ma vie. Que le meilleur était toujours à venir. Dans ma vie, tout cela était présent. Avant. Avant toi le psy. De l'action, des problématiques, des essais pour me grandir. Croyant pouvoir écrire mon propre récit. Mais, plutôt que d'avancer, en guise de mouvement, m'enfonçais. Mon insatiable activité me rappelait sans cesse l'inutilité de la victoire et la défaite prochaine. Et malgré cette fatalité, s'il restait toujours assez de liberté naissante pour que le spectacle ne paraisse pas réglé d'avance, ma vie ne progressait pas davantage vers une plus grande résolution. Pourtant ça s'agitait, ça allait de plus en plus vite dans de grosses berlines — enfin, j'exagère, j'avais une 306. Mais, illusion. J'étais dans le monde du *statu quo*. Du strictement plat. Atone. Il ne se passait rien. Une vie qui allait d'autant plus vite qu'elle se précipitait. Qui faisait d'autant plus de choses qu'elle ne faisait strictement plus rien. Qui avait d'autant plus d'utopies et d'espoirs que tout était programmé. À la fin, rien n'avait changé. Comme je me trouve devant toi aujourd'hui.

Il y a eu une grande nouveauté pourtant, parce qu'il fallait bien que s'invente quelque chose dans ma vie. Même dans l'eau qui croupit, il y a toujours de la gestation. Ça te rassure de voir *germiner* quelque chose en moi le psy ? Ne va pas trop vite en besogne. Je t'explique. Toi, le psychiatre, ton existence, elle s'est efforcée d'aller vers une plus grande résolution. À chaque problème sa solution. Moi, j'ai fait du surplace, contrairement à toi. Ma vie, la mise en scène de l'inutilité. Dans un monde où même les déchets se recyclent, j'ai inventé l'immobilité supersonique. L'énergie énergivore. *Le magicien d'Oz* au quotidien. Rappelle-toi de l'histoire. Au début, tout était sans saveurs. Un monde sépia. Sans travail ni loisir. Puis, un jour, la tempête, qui leur ouvre une voie. Un chemin d'or, pour les mener jusqu'à l'Oz. Et y découvrir, en arrivant, que son roi n'est capable, au mieux, qu'allumer quelques mèches et faire péter des pétards. *Je ne peux rien pour toi,* dit-il finalement à ceux qui étaient venus trouver réponse auprès de lui sur le sens de leur existence. Mais à quoi sert-il que je sois venu si tout était semblable à l'ennui qui était le mien ? Parce que si tu n'étais pas venu, tu ne le saurais pas. Il faut agir pour comprendre un jour que cela ne sert strictement à rien. Mais moi le psychiatre, je n'ai même pas eu la possibilité de m'en apercevoir.

Alors, quand il n'y a rien de rien à faire, quoi ? Demeure la violence pure et non manufacturée par tes clubs de loisirs et travail. Sans but. Celle que tu caches. Celle que tu réprimes. Celle que tu ne prêtes qu'à moi le psy. Mais violence première. Violence partout. Et te civiliser ne sert à rien, je te le dis. La civilisation ne t'en sauvera pas le psychiatre. Ne la réprimera pas en la socialisant. Civilisation et barbarie, c'est tout un, quand tu continues de penser que je suis de l'autre côté du Mur. La violence ne surgit pas lorsque le vernis de ta civilisation craque, révélant mes plus bas instincts quand tu garderais les tiens. La civilisation est elle-même barbare. La civilisation, c'est la continuation de la guerre par d'autres moyens. Pour la réprimer, il te faut encore en passer par l'usage de la violence ou sa menace. Regarde ce que tu fais. Pense ta profession. *Si vous ne prenez pas seul vos médicaments, Monsieur, nous serons obligés de vous les injecter par voie intraveineuse.* Ta piqûre qui s'enfonce dans mon bras sans mon consentement. Ta civilisation n'est rien d'autre que la mise en forme de cet ensauvagement. Ta haute culture ne l'empêche pas, que tu fasses tennis en ballerine en écoutant Tchaïkovski ou pas. Elle l'accueille. Structure qui l'organise. Qui la rend plus efficace. Les beaux salons de ton 18ème siècle — ah ! Les Lumières, hein, tu t'en repais — oui, les beaux salons traversés d'histoire et d'art, sont le réceptacle de la guerre dans *Barry Lindon*. Bienvenue dans le monde de l'Agone. Je suis ton soldat.

L'armée, tiens, justement, j'y reviens. Ne t'inquiète pas,

je ne me suis pas égaré. Je suis bien là avec toi, sur ma chaise, à me corrompre les membres. À mon retour de l'armée, donc, malgré le renvoi, je fais encore semblant d'y croire. Comme tous les autres, à me finir dans des phrases moches avec des *si*. Un Misanthropeu sur lui-même. Accomplissant sa quête la maudissant. Mais que me reste-t-il au fond des poches ? Pas grand chose si je compte bien, à part mes espoirs, qui sont des hasards selon tes statistiques. Les espoirs, c'est ce qu'il reste lorsque tout prend la fuite. L'espoir meurt en dernier. L'espoir me rend dernier. Faut bien rêver ? Moi, c'est seulement pour chier sur les gens que j'ai toujours rêvé d'être un oiseau. Pas facile, même quand tu habites au 13e étage sans ascenseur la plupart du temps. Avec un tel avantage, j'aurais dû plutôt me pousser du balcon, rejouer *Fenêtre sur cour* pour me retrouver en bas « *ciseaux dans le crâne, dans le sang gisant* » comme l'entonne Oxmo Puccino. Je ne vais pas en avoir le courage. Araignée au plafond bancaire, je vais plutôt aller chercher du travail.

Que soit donné congé à l'affreux carnaval de l'homme…
Audiberti

Trop peu loyal envers moi-même pour ne pas travailler, je fais valoir mes compétences dans une agence qui ne prend pas de risques. En guise de suicide, j'ai le droit à la déprime pour l'emploi. Intérimaire à temps plein après l'armée. Pratique la valse à mi-temps. Moins que prolétaire, sous OS, une parenthèse. Je ne me plains pas. Chaussures cirées, attaché-case, l'intérieur cuir de leurs cercueils, je ne veux pas de ce confort. Monter des tours. Bourrer les hanches et les vertèbres de leurs édifices *verreux*. Hisser des maquettes. Finir en carte de visite. Encartonné dans une bouteille à La Défense, pas pour moi.

Tu croyais que j'étais un fainéant, le psychiatre ? Pas vraiment. Mais je débute tranquillement. À mon rythme. Suis d'abord préparateur de commandes. Mains dans les poches, je vis des matins d'occasion. La journée débute à six heures. Remplis des cartons de vêtements qui voyagent à ma place dans des camions. Pas le temps d'imaginer leur destination. Je voudrais m'y glisser. Dérouler ma peau, et la voir s'étendre sur des kilomètres. Pour finir où ? Au BHV ? J'arrête. Verdict ? L'usine, ossuaire absorbant la sueur. Avec l'élégance d'une ex-athlète Est-allemande. On y rêve les fins de mois, parce que c'est gratuit. *Le travail c'est la santé* ? J'en vois se développer partout les kystes.

Après l'empaquetage, grimpe dans mon échelle sociale. Deviens cariste dans la même entreprise. Stress et palette tous les jours. Regard vide, le pan-bagnat, chaque midi, entre les mâchoires. Sous orges brassées, sur les bancs, quand le soleil pointe son nez, on est là à philosopher. C'est-à-dire, à rien dire. Lorsque tu as le dos pété, les mots ne montent plus le long de la colonne. On se tait. Plus la force de s'inventer dans nos mensonges. Même les gros bras finissent là. Les caïds en calèche qui roulaient dans le quartier deviennent des types aux reins brisés dans ces entrepôts, à remplir et vider des semis comme des bagnards, tous les jours. Moi, en attendant mieux, j'effrite mes rêves dans l'OCB. Les fumer seul, c'est encore une possibilité.

À voir sans cesse des camions, me lance un temps dans le déménagement. Derrière chaque lever se dissimule un crépuscule. Commence la journée tôt. À cinq heures. Quand Paris ferme sur l'éthylisme. Avant le boulot, je brise ma coquille. M'appuie sur le zinc d'une aube. Une ville au fond des poches, un paquet de clopes vide, j'avance. Perdu dans mon train de ville. Destination la gare. Une rame toutes les quatre minutes, voici mon existence. Une vie égarée dans chacune de ses distances. Le problème n'est pas tant de rêver de « *prendre un train, que je n'ai jamais pris* » comme le chante Brel. C'est reprendre le même chaque matin sans bouger d'un sens.

À la parcourir au quotidien, j'ai la capitale dans ma tête. Toute grise, avec plein de lumières. Les correspondances, ses neurones, la carte du Métro dans le cerveau. Toujours en grève. Les gens n'y sont plus. Paris transporte ses globules sur des lignes. Elle crève. Ses artères ont des caillots. C'est l'infarctus aux heures de pointe même quand tu es Garde de Lyon. Une soirée gothique permanente. Chaque jour, les mêmes morts-vivants. Voir les mêmes têtes partir au turbin. La transmigration des ânes.

La même tournée, invariablement. Vu le nombre de métros que je prends, je devrais pourtant déjà avoir fait le tour du monde. Mais ça tourne plus que ça déroule. À six heures, quand j'arrive dans les locaux de l'entreprise, Paris se crève déjà. Les lampadaires demandent une trêve. Moi, je prépare le feu interne avec le reste de rêves. Finance la balle de ma propre exécution. Enfile les palettes de cartons vides pour aller préparer les déménagements comme perles sur collier. L'impression qu'ils me prennent pour un chien. Lancent le bâton. Attendent que je leur ramène avec un maximum de lucre. La paie. C'est donc ça ? Attendre la paie. Mourir à la file indienne en attendant ma quincaille ? En espérant une improbable augmentation. Attendre est un métier d'ouvrier. Petit Prince au SMIC, me prennent pour Charlton Heston à me payer en monnaie de singe. Et ce stress, vécu à grande échelle pliante tant il est permanent. Chaque matin, je reçois ma feuille d'ordre, contenant la liste de ce que je dois faire transiter, sinon... Ce n'est pas possible. Ce n'est plus possible. *Je ne peux pas être comme ceux qui disent le fric d'abord. À ne voir qu'à moitié ces Albators.* Même si un peu plus d'argent ça permettrait... De faire quoi ? Pour faire quoi le psy ? En aurais-je eu le temps ? Y a-t-il seulement quelque chose ou quelqu'un à sauver ? Y a-t-il seulement des vies derrière les comptes courants ?

Les collègues, chaque jour, le coup de bar. Ont le génie dans la bouteille. Ne boivent pas d'eau. Personne ne veut se mouiller. Un jour ils ont connu l'aube, puis ce fut l'habitude. La biture. Traquent le futur au fond de leur bière. Traînent des casseroles. Ont de l'hiver dans leurs veines et pas même d'idées dans leur verre. Même leurs misères ne se grattent que par le fond. Pas même d'alcool de rire pour se soulager la bile. À boire comme des trous, pour ne pas s'en faire un dans la tête. Cette France joue sa paie sur zinc. Il n'y a que là qu'elle brille. En fin de soirée, quand ça rentre enfin à la maison, c'est la Saint Ballentine's. L'étrange noël de Jack Daniels. *Dans leurs yeux, plus aucune lueur d'espoir car ils savent bien ici que demain, c'est trop tard.*

Ici-bas, ils n'ont rien à choisir, sauf peut-être l'état dans lequel ils vont finir. *Ils ne picolent pas, se sabordent. L'alcool, c'est quand tu n'as pas la force dans les poignets pour tenir la corde. Ça manque de testostérone. Ça espère compenser avec un excès de cholestérol.* Mais à quoi bon faire son trou, le fossoyeur fera son taf'.

À ne pas conduire ta vie, tu finis à la place du mort. Avant donc de finir écrasé par une machine à laver sur le dos, je me fais embaucher par la ville. Passe du Fenwick à la tondeuse auto-tractée et autres entretiens des espaces verts dans les stades municipaux. Ça me va bien. Pas besoin de fonte pour que tout me pèse. J'ai arrêté le sport depuis quelque temps. Plus d'asthme mais ai retrouvé le poids de mes dix ans. Une boule mobile tractée. Sollicitation du temps qui passe dans mes graisses. Je pourrais faire quelque chose de mon temps libre. Courir. Je mange. Les montres sont des libertés provisoires qu'on n'applique pas. Ça fait juste des repères. Ça facilite les choses. Ma vie n'est plus que ce boulot avec son planning et ses pauses. À partir chaque matin dans mon bleu de travail sans adoucissant. Et puis rien d'autre. Qui a donc coupé la farine à laquelle cette vie me mêle?

À huit ans, j'imaginais l'avenir. Quatorze plus tard, l'angoisse de ne pas y parvenir. On m'a toujours dit *prends la vie du bon côté.* Mais ce côté a un point, il a fallu que je m'arrête. À cette époque, pour tout arranger, je suis bien seul. Pas une fille à l'horizon. Après quelques années de bonne grâce, ça refoule. Je n'en peux plus. Je voudrais une vie de famille à deux. C'est compliqué. Aussi fondé qu'une capote libère une place de crèche, je n'aime pas les enfants. Quelqu'un les aime-t-il vraiment ? J'ai eu mon enfance, ça me suffit. *Si tu les aimes, salue-les de ma part. Ils ne paieront pas ma retraite, c'est sûr, et vieilliront plus mal qu'une intégrale Star Trek.* Pour le reste, je suis sûr qu'ils effraient. Certain qu'ils viennent d'une autre planète. Regarde le psy ! Drôle de dromadaire cette femme enceinte. Sans doute une réserve d'eau pour sa guerre à venir. Et celles qui poussent un landau dans lequel dort un enfant. D'où viennent-elles ? Où vont-elles ? On dirait qu'elles fuient l'enfant qu'elles poussent. Moi, dans la foule, j'écrase les pieds des gosses pour me venger du présent. Ils ont l'avenir devant eux. Le mien est peuplé d'angles. Mais ce n'est pas grave, je m'habituerai, si une fille veut bien de moi.

Usé par un voyage long de vingt-deux ans, au bord de mon doute, c'est donc elle que j'ai vue à cette soirée. Celle qui a bien voulu de moi. J'aurais pu ne pas la rencontrer, ne pas connaître le soleil, cette rue à arpenter. Elle s'appellera Anne-Sophie. Un prénom de contes pour enfants. J'ai dû me tromper de page. La rencontre se fait dans les mines et le terril. Comme elle est bien perchée, ça se passe dans le Nord. Un soir de 31, sur la ligne d'arrivée, au finish, chez ma sœur, près de Dunkerque, de justesse. Ils ont connu le débarquement. M'ont laissé le blockhaus pour toute nouvelle résolution. On va d'abord vers un visage. En s'avançant un peu plus, on se laisse mener par l'ombre. Ce sera mon histoire.

Elle est aussi fine que je peux être rond. Une noire, une blanche. Je fais deux fois son poids, mais c'est elle qui a le rire gras des baraques à frites. Faut bien se noyer quelque part quand tu as eu la vie triste. Elle a perdu son père très jeune. Sa mère flotte au fond d'une bouteille. À la dérive, je vais la plomber. Six mois plus tard, lui fais un enfant. On prendra nos beaux quartiers dans un HLM standard. Notre intérieur se rétrécit. On vit dans un studio, à la mesure de notre ego. *Dehors, tous les jours, ce ciel gris qui écrase notre plafond, à moins que ce soit le goudron qui se reflète dans nos poumons.* Elle fume tout le temps pour effacer son visage dans le miroir. On déménagera plus tard, autre quartier, même ville, la vie en grand, du studio au deux pièces. Je disais bien un conte pour enfants.

La vie de rêve ? Toucher l'espoir de devenir chef des tondeuses et de la pelouse en herbe avec des pincettes fait-il survivre les soirs ? Trouver un autre boulot, plus confortable, pour améliorer le quotidien ? J'aurais pu, la ville replaçait son personnel pour faire du travail administratif. Je n'en veux pas. Les nouveaux champs de cotons, les patrons les appellent bureaux. Rien de très réjouissant, mais voici le tableau, l'aquarelle du prolo. Les rêves, comme les types ici, ne se font pas vieux. Au contrôle ! Un petit trou et puis s'en va. « *Un petit trou, des petits trous, toujours des petits trous !* » le Gainsbourg ? Oui, les rêves, ça se composte chaque matin. Les miens comme ceux des autres. Alors si cette vie dans les bureaux te paraît cool, Fonzy ! Moi pas.

Comment le psychiatre ? Que dis-tu ? Comment je me sens à cette époque, dans mon époque ? Y suis-je bien à l'aise ? Un déclassé ? Tu veux dire un raté ? Pourquoi ? Pourquoi cette question ? Quel rapport avec mon crime, puisque c'est bien la seule chose qui t'intéresse ? Je serais mal à l'aise de partout ? Dans mon corps, dans ma tête ? Je me serais vengé ? C'est cela que tu penses ? En tuant, je serais enfin devenu l'acteur de mon existence ? Bille en tête, on ne t'arrête jamais toi. Interpréter, encore interpréter, voir dans les signes qui s'avancent grossir le crime. C'est donc ça ta seule préoccupation ? Tu n'as pas tenu compte de mes avertissements le psy. Moi, je te parle tranquillement de ma vie, enfin tranquillement, disons sous la contrainte de ta présence, et toi, hop, tu fais un grand bond jusqu'au crime. En permanence, tu fais de grands bonds. Tu sautes. Tu sautes. Tu sautes. Attention, tu vas finir par attraper le tournis. Alors, je vais te le redire autrement. Comme Tirésias — ça t'embête que je cite Tirésias ? Si, si, je le vois, tu as eu un mouvement de recul sur ta chaise. Ça n'entre pas dans ton schéma ? C'est pour cela ? — mais laisse-moi donc finir ma phrase au lieu de m'interrompre tout le temps avec tes réflexions, comme Tirésias, donc et re-donc, à vouloir trop savoir comme toi, on finit par se crever les yeux. Arrête de tout vouloir comprendre. Tout vouloir saisir. Ton effort sera vain, je te le dis. Tout ce verbiage pour rien. Car rien ne justifie un crime. Rien, tu m'entends ? Au non-savoir, à la profonde ignorance, laisse donc sa part à mon crime : écoute bien Michaux « *[...] les misérables combinaisons et enchaînements de fil en aiguille...* », abandonne-les si tu n'es pas capable d'entendre un récit, le mien, à même de parler de mon ici et maintenant, dans sa figuration la plus vive, la plus intempestive, la moins construite, la moins conjuratoire des obstacles qui se sont dressés face à moi. Laisse-moi continuer ma vie, à prendre mon désordre à bras-le-corps, me laisser désorienter dans mes tourbillons sans m'assurer de la suite ni de ce qui précède, sans me garantir par ces « *misérables combinaisons* », ces explications qui vont de ma naissance à aujourd'hui. Laisse-moi être une tête inabritée, un estomac vide de son passé, incarner un mouvement de sortie, prendre une respiration de macchabée. Ne rationalise pas mon crime. Laisse-lui sa folie, s'il te plaît. Car toi, le psychiatre, tu continues de croire que le fou que je suis, comme tous les fous, a sa logique propre qu'il t'appartiendrait de déchiffrer. Quelle prétention ! Mais pourquoi ce besoin permanent de mettre de la raison dans mon crime. C'est ce que tu ne veux pas, l'irrationnel. L'admettre serait un échec. Pour toi, tout est explicable. Mais tu t'égares. Mon irrationalité n'est pas l'extérieur de ta raison. Son envers. Mon irrationalité est imbriquée dans ta raison même. Mais ce serait bien trop long de t'expliquer que ta raison n'est pas née toute armée comme tu le crois pour lutter contre tout ce qui n'était pas elle. Raison et irrationalité ne sont pas étrangères. Ce sont l'envers comme l'endroit d'une seule et même médaille. Mais tu ne me crois pas. Sinon, tu me laisserais partir. Alors, continuons plutôt dans le cliché, en te disant tout le dégoût que j'ai pour mon époque. Je suis certain que tu y trouveras encore matière à justification. Tu vois, je fais un pas vers toi. Je fais un effort. Je te donne le bâton pour me faire battre.

Je le reconnais, donc, mal dans ma peau, je le suis tout autant dans mes relations sociales. C'est ainsi que pour ne pas rater ma vie, j'ai préféré ne pas même l'attenter. J'ai rien, c'est vrai, je l'admets. Mes titres de propriété ? J'économise les frais, le vent est mon notaire. Tu as plus de terre que moi ? Je me tape le fond des océans chaque été. Mais moi, ces rêves, je te le dis, je te les laisse. La vie est sans doute pleine d'alinéas, de trucs que je ne lis pas. Je m'en fiche. Je te laisse rêver pour moi si ton monde rêvé c'est de passer du grandiose au microscopique. Sans cesse réduire les objets à la taille d'une puce. Tu passes de Dieu à ton Smartphone, en me vendant des utopies de poche.

Je n'aime pas mon époque. Ce n'est pas que j'en préfère une autre. Je ne l'aime pas, c'est tout. Elle est prétentieuse comme toi. L'époque, elle se croit belle. Elle devrait plutôt faire sa mammographie, être prise de doutes. Mais non, ça continue. Le monde tourne. Une roue voilée. *La vie que tu me proposes ? quelque part, entre RSA et ISF. Quant à ta démocratie, ce n'est qu'un scénario de SF.* Tes avenues portent le nom de types qui ont tiré sur le peuple. Le souffle d'une bombe H en guise de seul partage. Les seules urnes auxquelles je crois contiennent des cendres de proches. Et puis nous ne serons jamais frères toi et moi. L'unité est un inceste. Obéir ? Le singulier t'est une insulte. Mais moi, rien ne me surplombe. *Je porte ma lanterne seul au fond des foules, pendant que leur sermon sur la montagne s'éboule.* Ta liberté ? Je ne me fais pas d'idées, je ne suis libre que dans Warcraft. Tu y as déjà joué ? L'utopie ? Parce qu'il faut bien rêver, que tu dis ? Un cul-de-jatte au cœur d'un pugilat. Chacun sa barque, mais les espoirs sont de faux corsaires. Tu veux l'égalité le psy ? La voilà : tous les connards se valent. Autant de crasseux que de crasseuses, voici la seule preuve de la parité. Ton mot d'ordre ? Unissons nos divisions pour mieux régner sur un tas de cendres. Je philosophe, tu crois ? Non, mon cerveau n'a pas ce déhanché. L'intelligence, c'est comme le zouk, ça n'a pas de sens. Le savoir est une balle dans mes chimères. J'ai peut-être seulement pris un peu de bouteille, considérant que c'est toujours mieux que de se déplacer par grappes comme tu le fais avec tes contemporains. Mais ça ne change rien. Démocratiser. Massifier. Standardiser. Tu voudrais inventer la fête permanente. Que j'aie les mains toujours en l'air bien loin de tes urnes. Au poids, tu veux des abrutis au net. Pour mieux fourguer l'humanité dont tu es exempt, crucifieras le Fils et l'Esprit pour l'exemple. Bâtir des murs autour des gens, fournir la masse qui va avec. Les faire espérer un peu moins fort, les endormir. Avec des murs épais, bien isolés, pour les amortir. Ce n'est pas ça, ton métier ? La seule possibilité, dans cette foutue vie, c'est de rembourser tes rêves jusqu'au décès. Cetelem te le permet le psychiatre. Les bonheurs postiches ne sauvent pas de l'insignifiance. « *Vous gagnez tout et demeurez perdant* » déclame Villon. Tu fais commerce avec nulle part. À te débattre dans un piège de crétinerie initiale et de rêves appris par cœur. Faudrait lancer si vite ta roue de la fortune sur son moyeu qu'elle finisse par sortir de ses gonds. La gueule de l'époque ? On dirait Bardot en pire.

Apporte ta pierre, si tu veux le psychiatre. Mais ne fais pas carrière. Ne laisse pas de traces. Ne laisse pas ta trace dans l'espoir de voir des matins dans tes soirs. La réussite, c'est quoi, selon toi ? Un salaire, un pavillon sous hypothèque ? Les études de lettres et philo qui condamnent à l'ESSEC ? Tu lèves les bras. Tu es heureux d'avoir un job, une femme et des chaussons confortables tandis que le destin te fait les poches. *Qu'est-ce que ce veto, cette injonction à être cool, entrer dans le moule, enfiler ses pantoufles ? S'asseoir dans son canapé, regarder leurs clips sacemisés sur notre consentement. Laisse-moi plutôt être fatigué. Inadapté. Laisse-moi être un problème pour ceux qui veulent me soumettre à devenir complice.*

Alors, dis-moi, pour quelles raisons voudrais-tu que je participe à cette grande mascarade ? Tes raisons ne sont pas bonnes. Plus tu parles, moins tu me convaincs. Tu en fais trop. Ça cache quelque chose. Je vais te le dire. À me servir copieusement autant de phrases, à employer intensivement tant de mots, tu ne parles plus, tu *virvouches*. J'ai lu le psychiatre, je te l'ai déjà dit. Comme toi, peut-être, j'ai lu mon Balzac et sa *Comédie humaine*. Et, crois-moi sur parole, tu virvouches, autant que ses personnages, tes phrases vont et viennent, espérant toucher à tout. Mais ta langue agace à force de bourdonner. Et cette quantité de mouvements que tu fais, qui n'ont pas de but. Tous ces mouvements qui imitent les mouches et m'éloignent du véritable voyage que tu proposais, me libérer de moi. Avec tant d'agitation stérile, tu fais écran entre moi et mon existence. Tu interfères, te places en travers de mon chemin. Tu veux tout comprendre mais t'éparpilles, « *intercepte le soleil et le chant des alouettes* ». Ce que tu dis ne tient pas dans un langage, il s'agit de récitations. Tu es comme tous les autres. Tu ne parles pas, ton disque tourne. Machine parlante, glissade permanente se terminant dans les flots de l'éloquence, verbalisme enraciné dans les préoccupations de la petite psychiatrie.

Pourquoi voudrais-tu donc que je me sente bien dans cette époque où tu te complais ? Lévi-Strauss en poche, moi je n'aime pas ton monde dans lequel je crève. Le souffle court, l'air du temps est un sanatorium. En commençant à travailler, je me suis d'ailleurs vite aperçu que la plupart des gens me fatiguaient. Veulent savoir tout sur tout, regardent les infos en continu, s'attristent du sort de la princesse Diana comme toi, j'en suis sûr. Tout, ils veulent tout savoir pour ne penser à rien. Chacun son avis sur ces nèfles, ça aide à détester les autres. Leur quotidien comme le tien, le cours mensonger des maîtres en vide. *Qui sème le vent ne récolte que l'opinion des girouettes. Le Cap Horn ou le Carlton*, à quoi se résument les rêves de trajectoire dans ta vie. *L'époque est clitoridienne. Les esprits sont étroits. L'abruti moyen est roi. Cette vie est un coupe-gorge et les gens autant de guillotines. Chacun perd la tête mais poursuit sa propre pantomime.*

Quoi encore ? Tu me trouves sévère ? Injuste ? Hautain dans ma manière de distribuer bons comme mauvais points ? Tu permets ! Tu me poses les questions, laisse-moi la liberté de choisir mes réponses. Et puis arrête ! Je ne t'écoute plus. Tu es seulement capable d'ânonner. Jamais fatigué de te frayer un chemin à travers tes certitudes. Ta petite musique fait semblant de remuer le fond, mais glisse en surface. Plus notre entretien avance, plus je sens venir la victoire de ta défaite. Car où se trouve l'intérêt de ton discours ? Son diamant ? À quel degré cesses-tu de te caricaturer, de rouler sur toi-même comme une toupie géante ? Ta volonté de donner du prix à tout ce que tu dis crispe ton discours, fait grimacer ton expression. Plus je t'écoute, plus tu donnes très exactement la sensation barométrique du trajet de la foi qu'il faut me mettre dans ton discours pour me convaincre qu'il puisse seulement être formulé en véritable projet pour « *faire société* » comme tu dis, disque voué aux seules rayures de la répétition. Je comprends, ton boulot est d'éviter les comportements déviants comme les miens. En épargner la société. Mais quelle société ? M'a-t-on demandé à moi si je voulais en faire partie ? J'ai l'impression qu'en vérité je n'ai pas le choix. Je n'ai pas le choix de dire non à ton contrat social. Pourtant, choisir, devrait m'autoriser à pouvoir dire non. Mais non. Non à mon non. Ou bien je fais partie de ton contrat, ou bien tu m'en exclus. Pourtant, ta si chère liberté, elle devrait servir à cela, non ? Pour marquer ma préférence pour le commerce avec mes semblables, il faut bien que je dispose aussi dans le même temps des moyens d'exprimer mon choix inverse, celui du refus de communiquer avec toi et tous les autres, n'est-ce pas ? Et c'est bien d'ailleurs pourquoi je me trouve devant toi. Parce que mon « *non* », tu ne veux pas l'entendre. Mais, je te l'accorde, même s'il est paradoxal que je prétende communiquer mon refus de communiquer, il faut bien que tu en admettes tout de même la possibilité car ce n'est qu'à condition de pouvoir porter à ton contrat social le « *non* » qu'il est possible d'envisager le « *oui* » que tu espères tellement à ton contrat comme étant un « *oui* » véritable, c'est-à-dire un acte libre, tu ne crois pas ? Je t'ennuie ? C'est sûr, dès qu'on sort de tes chemins tout tracés, je te perds. Toi, tu n'es bon qu'à répéter toujours la même chose, ne fais aucun progrès depuis le début de notre discussion. Je te regarde, tu te trouves dans un état de banquise mentale. À ce degré, tu ne dis plus rien. Un ronflement qui consiste en des rumeurs de couloir. Toujours la même litanie : monts et merveilles promis avec ta société, plusieurs fois promis, d'une imposture qu'étreint ta langue simulée, captieuse et morte, auxquels pieds et mains liés tu te donnes au quotidien en soignant des gens comme moi, de tout ton cœur tandis que ton langage, au fond, cherche à me distraire avec une monotone insistance, efficace peut-être mais pas assez puissante, je te le dis, pour que tu m'imposes complètement l'image d'une société enviable, qu'un monde soit, que des êtres se dressent, et qu'un langage vrai ait cours et teneur. Je te le répète, tu n'arrives pas à me convaincre.

Tu devrais savoir te reposer de cette manie discursive chez toi de feindre. Ta société ne me donne pas envie, c'est tout ! Elle est vide comme toi. Ta seule question existentielle : pourquoi les boîtes de pizza sont-elles carrées ? Ta leçon ? le lâcher-prise. Un concept de petit-bourgeois. Bon pour ceux qui les ont pleines comme toi. Mais quand de tes mains tu n'attrapes jamais rien ? Réjouis-toi, que tu claironnes. La farce permanente. Le plus tragique ? Même le soleil brillait à Auschwitz. Enchevêtré dans les ténèbres, tu te prépares toute ta vie à rendre l'âme dans les délais. Même au Monopoly, ton système me fabrique l'avenir. Plus rien à perdre, car pour la plupart, la case départ, c'est le mitard. Réussir, dans ton monde, c'est se rater. Il pleut des cordes sur cette génération de pendus. Mais est-ce que les pendus croient vraiment à la théorie des cordes ?

Quelques putes en haillons que tu appelles espoir. L'époque n'a plus de cerveau mais un cul d'enfer. Elle célèbre le culte de la beauté. Elle ne s'est pas regardée. Porte trop de maquillage, a cet air d'attardé. Marketé comme Stromae et le poisson pané. Voilà où mène ta civilisation à laquelle tu voudrais me rallier. Du métier Jaccard à la bombe à neutrons, des savoirs ancestraux aux émissions débiles. Entre le silex et le Zippo, je te le dis, il n'y a rien. Un feu de paille. Et ça continue de se prendre au sérieux comme toi, à tout savoir, à créer des philosophies denses dans le seul but de justifier ce fiasco. Mais je me sentirai toujours plus proche des Apaches que de René Descartes.

Tu veux le pouvoir ? Tu es bien chef psychiatre, non ? Garde-le. Je préfère être du gang de Kierkegaard. Je ne crois qu'à la puissance du lobe et du livre au cœur, le reste n'est rien que de la bectance à siècles, chacun écoutant les infos le nez plongé dans son assiette. Que ton monde s'empale avec sa lance. Tu te crois supérieur avec tes questions savantes ? Mais quel est le taux de suicide chez les Amérindiens ? Ont-ils besoin de Freud comme toi ? Tu es civilisé à hauteur de ton système bancaire. Eux savent que l'accumulation est le début de la sécheresse. Ton évolution, passer de Socrate à BHL. Bienvenue dans l'âge de pierre. Mille ans de culture aztèque et tu chantes Mexico.

J'ai la dent dure ? Et toi, qui cherche désespérément mon crime dans tout ce que je peux bien te dire, tu ne crois pas que tu m'exaspères ? Toujours dans la même direction. Tu ne m'entends pas, tu me somatises, m'ingères et me fais disparaître dans ton estomac. Mais je ne t'écoute plus, tu entends ? Parce qu'à tant ressasser, sois-en conscient, on est dans un discours qui n'a pas lieu. Un discours qui passe à côté, mais non pas malencontreusement. Car il y a bien un objectif, non ? Me guérir ? Allons, donc. Tu le sais bien. Je suis inguérissable, tu me le diras tout à l'heure. Alors pourquoi t'entêter à vouloir comprendre ? À force de répétitions, tu m'étouffes, alimentes une respiration dans le pire. Tu devrais commencer à te remettre en cause. Mais tu n'as aucun esprit critique, tu as des bases de brume, comme les montagnes certains jours. À chaque fois que tu parles, tu éclipses ce que tu dis. Tu ne parles pas, tu déparles. Discours brillant du seul fait de sa course. Pourtant, avec ta blouse blanche, ton vocabulaire médical, tout en toi appelle le respect. D'ailleurs, tu n'acceptes que ce type de rapport avec toi : l'assentiment, forme douce de l'adoration. Tu veux que je parle, mais pourvu seulement que je sois d'accord avec toi. Sinon, la camisole. Sinon, la piqûre qui endort. Tu ne t'adresses ainsi jamais de reproches, ne va jamais jusqu'à te bagarrer avec toi-même, ne laisse pas même perler des gouttes d'inavouable renoncement, ne laisse aucune part au doute. Pourtant, il n'y a rien à comprendre. Tu m'es inutile. Une encyclopédie Universalis. Tant d'informations contenues que jamais personne ne consulte. Tu ne sais faire efficacement qu'une seule chose : pénélopiser à perdre la parole, vriller les questions, les contaminer par tes convictions. Tes mots s'empanurgent seulement pour former discours et tu voudrais que je te suive comme moutons ? Laisse-moi continuer à cracher mon venin sur cette société dont je ne veux pas. Toi, j'en suis certain, à l'allure de ton costume que je devine sous ta blouse, ta montre, tes chaussures, tu veux amasser plus d'argent que se monte vite une tour à La Défense. Ton rêve : *Je te passerai devant à la dernière seconde comme sur Ebay*. Avoir de l'ambition comme toi, tu me demandes ? Mon coup d'éclat, n'être rien au milieu de toi et les tiens. Que ferai-je d'un empire, je ne m'en sors déjà pas avec un seul loyer ? Je suis les cheveux blancs des têtes baissées de nos pères. Un opinel dans la main, à tourner la manivelle du temps. Ce temps qui n'est rien d'autre que le proxénète d'un rude bordel.

Tu me demandes si je n'aurais pas préféré vivre à une autre époque ? Tout ça parce que je ne vois rien de bon dans la mienne ? C'est toi qui le penses plutôt. Ton époque est indécise comme l'adresse d'un forain. À regretter un passé introuvable. C'était mieux avant le psy ? C'est ce que tu me disais lorsque je te parlais de rap. Mets-toi à la musique baroque, alors, et évite de prendre des bains. Aujourd'hui est un demain pour l'homme réactionnaire que tu es. Tu ne t'aimes et ne te supportes que dans le conformisme, parmi tes congénères. Vos esprits sont des caravanes, se suivent et vont par là-bas. Tous dans la même direction. L'A7 en août. Avec ton fichu vivre ensemble qui n'empêche pas le mourir seul. Ta vie est horizontale. On dirait le dos d'une raie manta. Et c'est dans ce fichu merdier que tu voudrais me reclasser. Mais moi je ne veux pas fabriquer de la débilité à se reproduire entre soi. Toi tu n'aimes manger que la viande de tes trop semblables. Tu promènes tes idées avec des colliers de force. Ton ouverture d'esprit passe de longues soirées en maison close. Tu jettes parfois une pièce à un malheureux. Mais imaginer la vie des vagabonds ? L'hiver s'en cogne qu'ils aient un nom. C'est malheureux. Toi, tu n'as pas le temps d'être triste. Plus que des écrans pour empêcher de voir l'abîme. Vite, faut que tu envoies un tweet pour faire croire à tes fantômes que tu existes. Moi, tellement à rebours, je suis le dernier type dans une cabine téléphonique. Je les regarde tes semblables auxquels tu voudrais que je me rallie. Ne vois que des bandes d'i-phones se faire des *selfies* avec leur être humain. Déplacement collectif de rêves habilement manufacturés. Aromatisés grand public. Ta société dont tu voudrais que je fasse partie crée des gadgets pour que les moutons comme toi crient au génie. L'uniformité, seule récompense que quelques puissants décernent, faire de chaque jour un replay dans la compil' des siècles. On n'a jamais vu tant de faste dépensé pour autant d'absence. Une société faite à la mesure de ton ennui.

Et tu te demandes encore si ta société me fait rêver ? N'y a-t-il pas des moyens, pour des gens comme moi de ne plus se sentir seul ? Des moyens de communiquer ? Mais elle consiste en quoi ta communication ? Ton âme à la consigne, il n'y a plus que des noms derrière un arobase, anonymes, sans distinction ni signes. Des cancers plein la solitude. Vous vous envoyez des SMS, mais personne ne se supporte. Sortez tous tard, quand il fait noir, pour vous ignorer en boîte. À fuir le temps, vos petits passages ne sont que des cavalcades. Mais tu te rassures. Dans l'ensemble, ça va mieux. Même les pauvres ont la télé par satellite. Pour continuer à en voir de toutes les couleurs. Moyen-Âge 2.0, tu crois en ton Smartphone et Cyril Hanouna est ton prophète. Tu voudrais programmer le bonheur. Te le mettre en replay le soir, quand tu rentres chez toi. Mais faut jamais rien prévoir et s'attendre à tout le psy. On est seulement heureux *par hasard et pas rasé,* Gainsbarre. Tu me fais bien rire. Tu joues parfois au petit révolutionnaire. Tu voudrais faire crever Babylone en envoyant tes idées via le dernier I-phone. Chacun devient Alzheimer. Google a trusté les mémoires. Et pour qui ne sait pas voler, l'oiseau de Twitter ne permet plus de parler. Au fond, tu aimes l'intelligence autant que les Amérindiens l'Homme blanc. L'esprit aussi étroit que le canal de Panama. En attendant la mort, tes comparses laissent tourner NRJ 12, ignorent la culture et prennent le hasch' pour de l'énergie douce. S'endorment tranquillement, avalés par TF1, rêvant de réussite et de la dernière technologie. Soulèvent des tempêtes avec leurs produits, les pêcheurs en gros ont tout à y gagner. À faire la queue au moment des soldes. Voici que l'immobilité remue ! Faudrait déblayer les boues du temps.

Si le savoir est une arme, vous avez tous raté le permis. Votre cerveau est si figé qu'il doit être plein d'escarres. Embué d'horizons rabougris. Le dernier livre que vous avez ouvert est un Télé Star. Les seules décisions que vous prenez, c'est sur GTA 5. Vous avez la langue dans le plâtre. *Sortis d'un cloître sans testicules. Vous n'avez rien à dire, sinon croître et que votre merde circule. Vous ne parlez pas. Vous coloscopez. Votre copine, ses hauts talons et une démarche subliminale, son tatouage tribal au-dessus des fesses ou sur l'épaule est vraiment original. Chez elle, le cerveau n'est qu'une partie infime. Le système à ses règles, elle n'est que sa serviette intime.*

Une vie télécommandée. *Tout est à portée de mains. L'époque n'est qu'une portée de nains.* À cheval sur une apocalypse, j'en suis à regretter l'Âge du Fer. Et ton Saint Thomas, qui ne croit que ce qu'il voit, se serait bien trouvé stupide à regarder dans un microscope à constater dans quoi la Création de Dieu se moque. Ton souhait s'est réalisé. Le monde s'est renversé, et tu en fais un mets comme les sœurs Tatin.

Toi et tes semblables n'avez pas de visage, bande de Belphégors. Rêvez d'une Île de Pâques à l'échelle mondiale. Une vie statufiée à perpétuité à s'autocentrer aussi furieusement. Une vie non pensée, non vécue. Un monde fossilisé, sans regard, car ces statues-là qui portent au large ne voient pas, comme d'autres ignorent ces migrants qui viennent mais n'arrivent pas. Une modernité Pop'art, vos images sont sans paroles. Vous êtes exactement les mêmes en différentes couleurs. Vous vous appelez tous Andy Wahrol. Je voudrais vous faire tomber un à un comme les Kennedy.

Malgré l'anti-cernes, je sens bien que le début de ce siècle demeure livide. L'époque est à la fraîcheur, un hiver rigoureux. Elle droitise même les arbres. Faudrait-il réchauffer un peu plus le climat ? « *Éclatera un incendie local et l'empire s'écroulera* », prophétise Herbert. Je n'y crois pas. On se fait baiser. C'est un acquis social de 36. Vos banderoles ne sont que des lambeaux, des peaux arrachées à nos pères. Vos urnes, un club privé pour un peuple violé au DC-10. Sans témoins. Votre système me brisera les os pour en faire un décor de carton pâte à la télé.

Me révolter ? Tu me demandes si je suis un révolté ? Vous êtes trop nombreux le psy. Être contre ton système ? Chacun en veut au monde entier en voulant plaire à son banquier. Je n'échappe pas à la règle. Toutes les révoltes sont diluées. Nuage de lait dans un café. Plus personne ne s'engage ou signe quoi que ce soit quand tu as l'avenir autodafé. Si tu le pouvais, le psy, j'en suis sûr, avec ta société, tu me vendrais de l'héroïsme. Moi, je n'en peux plus. Faudrait ne plus attendre son heure. Inventer son fuseau horaire. Ne plus chercher la voie mais s'y jeter. Mettre des aboiements dans tes bêlements. Est-ce cela la révolution ? C'est déjà table rase dans ma tête. Suis-je anarchiste ? Hais droite et gauche. Dois être l'inverse d'un ambidextre, sans mains. Orienté politiquement nulle part, même en anarchie. Car l'anarchie est autant un diktat. Son mot d'ordre le désordre. Un anarchisme des pensées plutôt. Un anarchisme dépensé. Pour rien et dans le vent. Avec un doigt d'honneur à la tristesse, pour la beauté du geste. En prenant mon temps. Pour être loin de tes soifs homologuées, où s'annonce l'arrivée d'une vie sans raisons.

Mais qui convaincrai-je ? Avec votre conversation.... Vous avez des opinions sur tout, qui sont les mêmes, interchangeables, que vous vous refilez comme des maladies. Une véritable chorale d'éponges. Conférence de Berlin réunie sur vos seules têtes, vos cerveaux sont pleins de frontières artificielles. Les rues sont des nœuds gordiens autour de chaque passant. Des bruits d'ossements se déplaçant. À gueuler comme des sourds, espérant trouver un terrain d'entente. Mais c'est seulement dans le sommeil que vous êtes en guerre. Que faire ? Quelle possibilité pour moi ? La révolution ? Tu penses vraiment que c'est ce à quoi j'appelle ? Je t'ai déjà répondu sur ce point. Non, faire les choses en douceur, sans que tu t'en aperçoives : verser le thé dans ta tasse encore froide, modifier les équilibres de ton monde stable. Briser les codes, Caravage dans une galerie contemporaine. Être sans limites. Un univers quantique. Sauve ton existence. Défends-la ! Même si le procès est soviétique. Mais à cheval sur des principes, je risque de finir cavalier seul. Je voudrais tout foutre en l'air. Kamikaze agoraphobe, me terre. La vraie révolution pour ma caboche ? Le plomb dans un barillet.

Quoi ? Mais, non, tu ne comprends vraiment rien ! C'est une image. Tu crois que je voudrais retourner toute cette violence contenue en moi en me suicidant ? Mais c'est l'autre que j'ai suicidé en moi en voulant la tuer, pas le contraire. Tu es toujours à la recherche de l'intelligible. À provoquer le sens de mon crime. C'est bien là ton problème. Tu cherches toujours dans la direction qui t'arrange, là où tu crois être dans la lumière. Il faudrait au contraire que tu ne sois sûr de rien sans renoncer à tout : trouver la forme juste de ton doute. Te comporter en *profane* à l'égard de tes certitudes ; en *pro-fane,* c'est-à-dire être comme celui qui se tient devant le temple, son temple, qui n'y entre pas. Mais toi tu ne le veux pas. Toi, tu veux le sens. Et le sens, c'est le secret de la chose, mon crime. Toi, tu veux le découvrir. Ça ne te suffit pas qu'il soit un secret. Non. Ta recherche *de* sens est une recherche *du* sens. Une recherche de la solution de l'énigme, de l'énigme de toutes les énigmes : le meurtre. Car pourquoi un être humain en tuerait-il un autre? Mais peut-on donner sens à une vie, la mienne pour dire les choses, puisque c'est elle qui t'intéresse aujourd'hui, peut-on donc donner sens à une vie à partir d'un crime commis ? Car c'est ce que tu t'efforces de faire en permanence. Mais si le sens de mon crime doit être le dernier mot de mon existence, le dernier mot de l'intelligible, il faudrait pouvoir requérir un langage inouï pour être capable de le découvrir. En seras-tu capable ? Non, non, impossible. C'est pour cela que tu ne vois en moi que mon crime et rien d'autre. Que je ne suis qu'un crime. Tu me réinventes à partir de ce seul destin. Tu te prends pour Pygmalion qui sculpte sa statue Galatée. Espérant recevoir la grâce de voir sa statue s'animer. Mais tu n'as rien compris depuis le départ. Mon récit ne s'adresse pas à toi. Ce n'est pas parce que tu me poses sans arrêt des questions que tu dois penser un seul instant que j'y réponds. Mon discours s'adresse à moi. Je suis l'objet de mon discours. Parce que, mais ça c'est Montaigne, hein, qui le dit ? parce que je ne connais pas d'autre objet d'étude que moi. Mais il faut que je sois honnête, et il faut vraiment que j'insiste sur ce point tant tu ne comprends jamais rien, plus je te parle de moi, plus je me sens étranger, davantage je m'éloigne de ce que je suis. Je suis tellement loin, si tu savais. D'ailleurs, je ne parle pas ma langue, je te l'ai déjà dit, mais celle des autres. C'est comme cela que j'ai appris à parler, en citant. Et vas-y que je te truffe mon récit de citations. Aucune phrase n'est de moi, comme dans le *Mémorial* de Pascal. Rien. Absolument rien d'authentique. Et tu espères pouvoir découvrir la vérité sur moi à partir d'un matériau qui m'est parfaitement étranger ? Mais comment fais-tu ? Car je ne parle de moi que par l'entremise des autres. Vas-tu les questionner aussi ? D'ailleurs, as-tu déjà rencontré quelqu'un, toi dont c'est le métier de travailler à partir d'une matière verbale, as-tu rencontré quelqu'un qui ait véritablement une parole originale ? Une parole première ? Si tu me réponds par l'affirmative, c'est moi qui vais commencer à te prendre pour un fou, parce que, dans ce cas, tu auras rencontré Dieu. Enfin, tu le croiras, d'où ta folie qui viendra ensuite pour te croire son prophète. Moi, mon moi, ce ne sont que « *pièces rapportées* ». Je te montre les coutures depuis le début de l'entretien, mais tu ne vois toujours rien. Je ne suis *personne* que tu t'efforces de faire tenir dans *une* personne, un ensemble, sans doute, depuis le jour de ma naissance, mais un ensemble vide. Or, peut-on condamner personne ? Mais toi, tu ne veux voir que moi. Moi, moi, moi, moi dans mon crime. Mais moi qui n'existe que dans ton fantasme je te réponds qu'il n'est pas possible de me démêler des autres. Toute confession est un masque, le masque des autres. Et plus je te parle de moi, plus je m'opacifie. Plus je me dissimule derrière moi. Si bien que moi après moi, moi+moi=rien. Je ne t'adresse pas la parole le psy pour te dire quoi que ce soit, mais pour le camoufler. « *N'écrit-on pas des livres pour dissimuler ce que l'on cache en soi [...]. Toute opinion est une cachette. Toute parole, aussi, un masque* » Il faut que tu relises Nietzsche sur ce point. Ça te complique la tâche ? Pour sûr ! Parce que, si ce que je dis est vrai, alors l'étendue de la responsabilité de mon crime, puisque tu cherches sans cesse des causes, est infinie. Et cela, tu ne saurais l'admettre.

Tu me trouves encore sévère avec toi ? Peut-être, je le

concède. Je sais bien que dans ma constitution même, je suis trop dispersé, c'est pourquoi personne ne m'a jamais vraiment reconnu. Pourquoi l'on me trouve en permanence étrange. Je suis dissocié. Mais grâce à toi le psychiatre, par tes efforts, il sera peut-être possible de réunir mes traits épars par tout un travail de généalogie pour tâcher de faire en sorte que je ne sois pas *rien*. Que je ne sois plus ce rien. Car maintenant je sais que je suis un crime. Je pense donc je tue. Et toi, très intelligemment, tu considères qu'un type comme moi n'est jamais aussi intéressant que lorsqu'il est contrarié dans ses voies, barré par son propre chemin. Comme l'eau que l'on voudrait retenir en appuyant la main sur un robinet : si elle ne sort plus, bientôt elle jaillit. Comme mon crime. Mais tu te trompes encore car ce que tu crois saisir ainsi ne tient que dans un poing serré sur un vide : moi. Car moi je n'existe pas.

Je te le répète. Il n'y a que de la parole étrangère en moi. C'est cela qu'il t'est impossible d'entendre. Si seulement c'était pour dire au moins la vanité de ton engagement. Mais non ! Toi, tu crois en la vérité. En la connaissance, qui s'entend simplement comme de la simplification, comme processus d'identification, d'unification, c'est-à-dire d'élimination des différences, de ce qui fait ma singularité : n'être rien. Mais rien n'a ni forme ni sens. Alors toi tu ne tries dans mon récit que ce dont tu as besoin. Tu ne me regardes qu'en fonction de l'intérêt que tu portes à mon crime, et rien d'autre. Connaître, pour toi, c'est me réduire, réduire ce qui est différent, ce qui t'est étranger à du semblable et du déjà-connu. Je ne suis qu'un individu qu'il s'agit de mettre dans une nomenclature. Mais ta connaissance, toi le civilisé, n'est guère éloignée de ce qui se passe chez n'importe quel animal qui, pour survivre, doit reconnaître sa proie, identifie sans cesse le différent à l'identique. Ton savoir ne m'impressionne donc pas. Tu réduis la diversité à une série d'identités : les névrotiques, les psychotiques de telle tendance, et plus tu crois affiner ton jugement, plus tu rends l'hétérogène homogène. Mais vas-y, continue à me faire jouer le rôle auquel tu m'attaches dans ta pièce. Cette pièce dont tu es l'auteur. Cette pièce dont tu es le seul spectateur. Cette pièce dont tu te prends pour le grand organisateur, petit dieu que tu es.

Tu veux que je revienne à mon quotidien, parce que je t'épuise ? Allons-y ! Armé d'une clé de voûte, dans le vide, tous les jours de ma vie, je tourne. Continue ma petite vie motorisée sur gazon. Coche l'avenir sur des calendriers de l'avent. Je leur laisserai un jour ma pierre de taille, petit relief parcouru d'immenses failles. En attendant, je fais seulement ma part. Devenir compost pour les mômes de demain. Vais au chagrin chaque matin, en me demandant bien pourquoi j'ai une prédilection pour les moyens de transport au travail : camion, Fenwick, tracteur... Peut-être parce que la religion, je n'y crois pas. Il n'y a qu'avec Voulzy que Marie est galante. Et si promesse de Dieu il y a, c'est le retour en terre, que tu te nommes Athènes, Carthage, Rome ou Jean-Pierre. Alors je roule, pour être certain du terrain. Dans mon monde tout est dépeuplé, l'espace public et ses panneaux ont remplacé le quotidien enchanté. Débarrassé du sacré, le sens enfui, reste la signalisation. Des rues, non plus à arpenter, mais à emprunter comme le nom qu'elles portent. Dans ce monde vidé, ne reste plus que des échappatoires. Des voies de secours que j'emprunte chaque matin sans jamais en sortir le soir.

Avec Anne-Sophie, on essaie de se sortir de ce marasme. On vit dans notre nouveau deux pièces, mais pas une pour le pain. Plus ahan qu'élan. Je déprime comme un soûlard d'ici qu'il se pinte. Dur de viser la gagne quand tu as la guigne. J'ai beau bosser, les fins de mois sont difficiles comme des débuts de règles. Le vif du budget, chaque 31. Dans l'appartement, pour chauffer, un radiateur électrique. Tu parles d'un retour de flamme ! On finit par se disputer tout le temps. Le couteau dans la plaie, c'est encore un rapport humain. Même si parfois on était heureux, à entendre le petit s'éveiller dans sa chambre. J'avais l'impression de porter l'estocade au Temps, lui laissant le reste, le monde, le fric et la chandelle qu'on crame avec.

Je n'aimais pas les enfants. Mais le mien, je l'ai voulu. Mon fils. Qui ressemble traits pour traits à sa mère. Fin et longiligne. Mon legs, les allergies qui lui mangent la peau. J'essaie de rendre meilleur l'air qu'il respire. Il est asthmatique comme je l'étais à son âge. Ça bloque de partout. Je suis son arthrose. J'essaie pourtant de lui faire du goutte à goutte. Lui dégager les voies respiratoires de l'avenir. Manchot, me faut alors jouer des coudes. Mais rien dans les mains, rien dans les poches. Chaque matin, le soleil qui part au trimard. Me laisse dans mon lit. Me dit mort comme Adjani. Chaque matin, dans mon bol, au réveil, lait et grains de cafard pour que tout n'y soit pas si noir. Ma vie, plate. Le cul d'une chinoise. Anne-Sophie m'ignore la plupart du temps et rigole lorsque je lui lis mes poèmes. Me parle de ses ex. Et même si j'en ai trop, je ne fais pas le poids. Je reste seul à plusieurs. Sors le petit. *Collectionne avec lui des bouts de déserts. Et certains soirs doute des heures.* Le poids de mes idées mortes a fini par déformer le fond de mes poches. Ma vie, un cortège de désirs inassouvis à la Prévert, liste à n'en plus finir.

Ça se jouera au finish, qu'ils disent, depuis que je suis enfant. Dans les derniers mètres. À vingt-cinq ans, suis avachi sur la ligne de départ. Le mouvement des balançoires à six ans, une horloge plus tard. Et rien. Ma vie sera-t-elle celle que j'espérais plus vieux ? Aurai-je fait de mon gosse un beau métier ? Fiston, sache-le, il n'y aura pas de tours de stade de plus. Rien dans ma vie ? Je pourrais au moins courir. Éviter la phlébite. Même avec du poids en sus, je commence à reprendre le footing. Mais ça ne vient pas. Ras-le-bol du quotidien. Chaque matin, ce sentiment de recevoir des nouvelles du fond. J'avale ma vie de travers, pas de pain pour la faire passer. Structure bipède, pourtant à genoux dès le matin. Le poids des jours. Je touche le sol quand je me penche. Mon avenir traîne de la semelle. Des rêves cousus sur mes poches extérieures. En demi-cercle, sous les yeux. Passe à côté de ma vie comme un voleur. À me prendre les pieds dans le fil des jours. Peu à peu je perds mes ambitions. Les mets en CDD. Ma vie, une version bêta, une seule réponse à mes questions : je ne sais pas. Voudrais rompre le contrat de travail du temps en pleine période d'essai. Ne réponds plus aux sourires que lorsque je vide un punch, l'arrondi du verre sur la commissure des lèvres. Essaie d'esquiver le train où vont les choses. Mais dois fournir des calories d'effort pour fuir ce décor. Comme Marco Polo, je voudrais passer un cap. Valises sous les yeux, toujours sur le départ. Où en suis-je ? Deux/trois sapes même pas en vogue, quelques créanciers en rogne. Échoué comme un turfiste, misant tout sur un tocard. Moi. Sans rien d'autre que la tête de mon gosse en photo dans le portefeuille. Dans cette vie, il faut donner sa chance à ses richesses. Je suis pauvre. Être pauvre, c'est exaucer le vœu des autres. En remplissant les poches de mon patron en allant au travail chaque matin.

Comment ? Je passe un peu vite sur ma relation avec Anne-Sophie ? Mon amour pour elle ? Tu ne l'aurais pas compris. Personne ne l'a compris. Anne-Sophie, ce n'était pas le genre maison. La langue bien pendue, un peu vulgaire. Pas faite pour moi, qu'ils ont pensé en la voyant la famille. Mais aime-t-on quelqu'un pour ses qualités ? Si tel était le cas, comment serait-il jamais possible que le vénérable professeur Unrat, dans *L'ange bleu* — tu l'as vu le psy ? Regarde-le, mais vraiment, si tu veux comprendre quoi que ce soit à tout mon bazar — comment serait-il donc possible que ce docteur se fut épris d'une fille qui appartient à tout le monde ? Qui, de surcroît, est une petite grue ? Comment eût-il été possible que Dorigo, dans le roman de Buzzati, *Un amour*, je te le demande le psy, cet homme célèbre, distingué, élégant, cultivé, trouve une fille dans un bordel, dont il dit que c'est un laideron, menteuse, imposteuse et, néanmoins ne peut pas s'en détacher ? L'expérience de l'amour, de mon amour pour Anne-Sophie, est celle de cette fatalité. Je savais bien que c'était horrible, que cette histoire était sans queue ni tête. Je savais bien qu'elle ne le méritait pas mon amour. Je savais bien encore qu'elle ne valait rien. Tout ce que je connaissais d'elle, sa personnalité, son passé, me détournait de l'aimer, mais je ne le pouvais pas. Impuissant à me dérober à cette puissance sans raison. Un amour totalement déconnecté, indifférent aux qualités mêmes d'Anne-Sophie. N'est-ce pas ainsi que démarre également l'*Aurélien* d'Aragon ? Qui montre que l'amour ne dépend pas des qualités d'une personne, de sa beauté, son intelligence, car si elle venait à les perdre, l'amour disparaîtrait ? Comme mon crime, cet amour était incompréhensible. Au-delà du principe de raison. Tu me demandes si mon amour pour elle était donc une hallucination ? Le produit de ma seule imagination ? Non. Ce qui s'annonçait, à sa rencontre, ce n'était pas une illusion, bien que cet amour reposait sur l'absence de rationalité. Avec elle paraissait s'augurer une intensité de vie qui, je pensais, me régénérerait de la mienne si je sentais qu'elle m'aimait. Alors, non, je ne crois pas que ce soit la cristallisation dont parle Stendhal qui fait l'amour, en attribuant des qualités à l'autre, par le biais de l'imagination, qui nous le rend fascinant. Avec Anne-Sophie, je me disais simplement que tout serait incomparable, tellement différent. J'espérais me refaire santé auprès d'elle. Vivre intensément ce que je n'avais vécu jusqu'à sa rencontre que dans la platitude et l'ennui.

Tu me demandes si mes espoirs ont été satisfaits ? Ça n'a pas pris, c'est le moins que je puisse dire. J'étais tout seul avec mes attentes. Il n'y avait rien en face de moi. Elle n'existait que dans mon regard. Elle n'était que le produit de mes envies, non pas des qualités que je lui aurais attribuées indûment, mais bien plutôt le produit de la conception que je me suis toujours faite de l'amour. Tu veux que je m'arrête sur ce point précis, le psy ? C'est-à-dire ? Je ne comprends pas bien ce que tu viens de dire. Tu insinues peut-être qu'au fond elle n'existait pas vraiment pour moi ? Qu'elle n'était jamais que la fabrication de mon cœur épris ? Mais non ! Moi j'ai toujours attendu mon autre moitié. En rencontrant Anne-Sophie, je me disais que l'on était prédestinés l'un à l'autre. Que je retrouvais ma moitié perdue. En nous rencontrant, je ne faisais que me retrouver enfin. C'était écrit. Imprescriptible. Comment ? C'est un amour narcissique ? C'est moi-même que j'aimais dans Anne-Sophie ? Ce que j'aimais en elle, c'était l'image qu'elle renvoyait de moi-même ? Tu te trompes. Ce n'est pas cela. Parce que l'image qu'elle me renvoyait n'était vraiment pas belle. Je t'explique.

Je tente une mise au moins. Trois ans après notre rencontre, je veux quitter Anne-Sophie. Aimer, c'est poser ses yeux dans un plus grand visage le psy. Je ne l'ai pas vu. Avec elle, mon cœur a ce besoin permanent d'une veste polaire. Marre que mes *je t'aime* finissent comme dans un mariage blanc. Assez de courir après des fantômes comme Bill Murray. Je me sens seul comme une idée de gauche au PS. Et puis supporter ses insultes. Ses moqueries sur mon poids, mon romantisme de mauvais aloi. Je n'ai jamais rien dit. Jamais répondu. Stop ! Mais, impossible d'avancer. Toujours un barrage dans ma tête. J'ai la puissance d'un cycliste propre. Faut que je me dope les muscles comme la volonté. Pour la quitter, j'essaie de séduire une collègue de son boulot pour m'en libérer. Parfum, bijoux, offrandes. Je la prends pour une demeurée avec ma breloque à revendre ? Tu te trompes le psy. L'amour, ce ne sont que des preuves, comme dans le roman courtois, comme les chevaliers du Moyen Âge ou partant à la conquête du Nouveau Monde. Mais rien. Absolument rien. Des mois que je tente et ça ne marche que dans les films. La collègue ne veut pas de moi. Me venge un soir. Lui crève les pneus de son véhicule. Étrange comme on s'enlise dans nos propres luttes. Organisant méthodiquement notre chute. Qui crève un pneu, plante un pieu. J'ai bien essayé de maintenir quelque chose jusque dans le délabrement. Quand le cadastre d'un couple est déchiré, il faut sans doute essayer de le refaire, mais quelle pouvait en être la nouvelle unité de mesure ?

À partir de ce moment, tout s'enraie. J'ai beau être coriace, mes démons pratiquent le bushido. Disons que je sais me donner les moyens de mes échecs. Les gens voudraient qu'on leur promette un soleil par personne. J'irai à l'ombre. J'étais la plaie d'un être difforme qui grandissait en moi ? Tu as peut-être raison le psy, je ne sais pas, je te laisse trancher, oui, peut-être bien que j'allais en incarner la déchéance. Devenir la proie de ce que j'étais. Il aurait fallu que je sois sauf de tout ce qui me faisait. Travailler sans relâche pour permettre aux jours de me recouvrir. Affranchir ma vie de mes directions. Je n'en ai pas été capable. J'ai toujours été le traître de ce que j'apportais. Vais devenir l'once de ce que j'avais accompli de meilleur. Ressusciter le jour trouble de ma naissance. Bossuet disait qu'il faut aller jusqu'à l'horreur pour se comprendre. J'irai. Advienne que pourrave !

***Ce que tu vois de l'homme n'est pas l'homme, C'est la prison où il est enterré…* du Faur de Pibrac**

Avant que l'ombre la crève, la question. Comment marquer des points quand une histoire n'a pas compté finalement ? Comment retenir quelqu'un lorsque manque la compacité des jours, qui fait les murs et le silence autour ? Les années. Rien ne remplace les années dans la balance des choix. À l'instant de se séparer, tout le monde calcule. Les années, l'intensité, on fait son marché. L'amour au poids. Je t'aime un peu, beaucoup, passionnément, à la folie, pas du tout… Les années qu'on donne. Les années qu'on partage. Les années qu'on marchande. Les années qu'on quémande. Les années qu'on rançonne. Les années qu'on paie. Les années. Je ne les avais pas pour la retenir. Or, Anne-Sophie ne voulait plus de moi. Mais ce n'était pas possible. Elle ne pouvait pas me quitter. Au lycée, l'autre femme de ma vie, la seule, m'avait délaissé au motif d'une séduction intempestive. Mon véritable amour, perdu, pour toujours.

Je l'avais giflée. J'avais commencé petit. L'histoire d'une année. Mais Anne-Sophie… notre enfant… me quitter… Tu m'avais fait reposer loin de moi, du moins le pensais-je. Tu m'avais dé-«*moi*»-iser, du moins m'en persuadais-je. Tu ne pouvais pas m'arracher de toi. Impossible. C'est moi qui te dé-«*tu*»-iserais. Et c'est ainsi que réapparurent dans mon esprit les pires pensées que j'avais *cruauté*. La vie va trancher. Car comment l'arrimer à moi ? Comment la garder tout contre moi ? Les coups de couteaux. Ce seront les coups de couteaux. Autant de plaies que de dépeçoir. Je ne te posséderai pas vivante. Je t'aurai morte. En te ferrant. Les années, nous les aurons enfin. Nos plus belles années. Les années d'incarcération. Éventrées comme la bête qu'on laisse sur le bas-côté. La preuve de mon amour inversé. J'aurais dû tous vous saigner pour en augmenter le cours. Toi, ton nouveau petit ami, ses copains. Chaque lambeau de réel était à cramer intégralement. Mais on ne réfute pas le soleil. Les faits ?

Après avoir essayé vainement de séduire sa collègue de travail, je rejette mon dévolu sur Anne-Sophie. Retombe amoureux d'elle. Elle que je pensais quitter un instant plus tôt veux m'y arrimer. Définitivement. Follement. Absurdement. On ne se déleste jamais d'un amour contrarié. On le fait transiter. Une passe. De toutes mes forces. L'une ne veut pas de moi, l'autre voudra bien. Mais Anne-Sophie a appris pour sa collègue, qui lui a confié mes tentatives d'approches. Contrariée, elle retourne vivre chez sa mère, dans le Nord, avec notre fils. C'est elle qui veut se séparer à présent. Pars sans me prévenir. Tu te rends compte, le psy ? Mais on ne laisse pas un amour qui se déclare. On ne m'abandonne pas moi qui le lui dis. Des jours à suer. À ne plus dormir. À lui téléphoner matin, midi, soir. C'est la sœur d'Anne-Sophie qui me rappelle finalement un jour. Me dit de renoncer. Elle est passée à autre chose. A pris un avocat. Veut la garde exclusive du petit. A un autre petit ami. Ma famille, inquiète, est aux soins. Me dit de prendre également un conseil juridique. Je choisis ma défense. En début d'après-midi, une fin de mois d'août, me décide pour le bras armé de la Justice. Prends un cran d'arrêt et son gendarme, une batte de base-ball. Démarre la 306. Vais aller disposer mes pièges pour la vie. Il fait chaud. Je roule bras de fer contre le vent, bras perdant. Quelques minutes plus tôt, je l'avais menacée au téléphone d'aller la retrouver pour récupérer le petit. Elle m'avait répondu de ne pas venir, que ses amis me feraient fête. On ne refuse pas une invitation. Plus de trois heures de route. Trois heures pour changer d'avis me dira-t-on à la barre. Mais non, rien ne change lorsque l'on conduit. L'esprit remisé. Le corps transporté, veillé par l'asphalte. Les routes proposent toujours leur repos mélancolique.

Quand j'arrive chez elle, je ne trouve personne d'autre que son nouveau copain, accompagné d'un ami. Ils ne m'ouvrent pas. Je casse une fenêtre à l'aide de la batte. Veux savoir où se trouve Anne-Sophie. À la fête du village. Bagarre. Rapide. Un type plus tard, dans le coma, repars direction le centre, où ça brille. Mais ne trouve personne. J'attends une heure, puis deux. Guette la venue de la vengeance. Rien.

Et ce soleil qui cogne. Pourquoi donc ces rayons imbéciles sortirent-ils un jour la terre de son sommeil ? Vais partir. J'en ai assez. Retourne vers la voiture. Et voici qu'elle arrive comme un grand bruit hasardé avec le petit, accompagnée de sa mère. Je l'entends rire. Je fonce droit vers elle. Ne lui parle pas. Quelle phrase pouvais-je bien donner aux signes blanchissants qu'agitait l'avenir ? Je ne vois rien de ce qui se présage. Viens seulement récupérer mon dû. La plante. Pour l'immortaliser, cet instant, à cet endroit, en ce lieu, qui sent le rire pris dans la friture et les bouches grasses. À une minute près, je serais rentré. J'aurais peut-être rangé le couteau, oublié la batte de base-ball. Tout aurait pu être différent. Une minute pour changer le cours de plusieurs existences. Mais non. Le mauvais œil porte bien son nom. Même crevé, il ne frappe pas indifféremment. S'informe dans « *les claquettes du destin* » dit Saroyan. Il me tenait dans ses nouvelles du jour.

Contre les mystiques de tout acabit, le coup de couteau qui traverse de part en part le corps d'un être vivant sait qu'il n'y a rien derrière. De cette fulgurante traversée des apparences il ne reste rien. Le reste : le cadavre, la transformation la plus radicale des apparences. « *Ôtez toutes choses, que j'y voie* » ordonne Valéry. Mais il n'y avait rien à l'instant où j'ai transpercé le corps d'Anne-Sophie. Pas d'âme. Pas de purgatoire. Pas de jugement. Pas de Dieu. Ma lame ne croyait qu'en sa seule trajectoire. Dans le drame, « *l'homme passe infiniment l'homme* » murmure Pascal ? Je n'ai rien vu. Rien vu d'autre qu'un jet continu de sang.

« *Rendue au sol* » constate Rimbaud, je la croyais morte. À crever. Avec ce sang partout. Mélangé à la caillasse au sol, crasseux. Il aurait fallu laver ses taches. J'attendais pour ça l'inspection du Maréchal Dieu. Mais rien. Toujours rien. Comment l'assassin que je suis devenu à cet instant pourra-t-il arriver un jour à une conscience du mal qu'il a commis ? Qu'est-ce que tuer ? Qu'est-ce qui peut sortir de cette fatalité ? Rien d'autre que d'aller me réfugier dans le déséquilibre. Le reste n'est qu'une question dans la conférence des siècles : où les hommes enterrent-ils leurs souvenirs ? Dans leur boîte à folie, la dépense de l'esprit.

À cette fête foraine, dans la rue, avant l'arrivée d'Anne-Sophie j'ai vu des couples main dans la main. Dans la mienne, une lame et un peu de rouge carmin. Mais elle n'est pas morte comme je le croyais le psy. Je me suis trompé. Je l'ai ratée. Une balle aurait été préférable. Le sifflement dément des coalitions du sang. J'aurais visé la tempe, histoire de tromper l'attente. Mais rien. J'ai choisi le couteau. Je vais être en infraction de seconde. Tout s'est joué à si peu de choses. Tout s'est joué pour rien. Elle aurait bougé à droite, je ne l'aurais pas manquée. Mais voilà, on ne recommence jamais son histoire. Je n'ai jamais su finir les choses. Rien aboutir. Depuis que je suis tout petit, pars dans toutes les directions. Carrefour giratoire permanent. De la manière la plus active, passe mon temps à mal faire. Procrastine ? Trop de rythme dans ses muscles, ce mot-là, pour dire l'inachèvement. Les seuls départs. Le précaire et le révisable. Ma vie, ce *suspens*. Pas version hitchcockienne, mais de façon permanente un projet inabouti. Comme mon crime. Tuer Anne-Sophie. Ce que je voulais. Tuer celle-là. Pas une autre. La mère de mon fils. Trente sept coups de couteau pourtant. Respect au mot près du cahier des charges. Toute la rage et la détermination dans un poing ferré. Mais, à un millimètre du cœur, dira le médecin à la barre. Deux de la carotide. Je voulais tuer Anne-Sophie. Celle-là. Pas une autre. La mère de mon fils. J'ai tué la belle- à la place. Sa -mère. Un seul coup. Qui venait de s'intercaler pour nous séparer. Un seul coup, simplement pour l'écarter de la main. Ma main coutelée. La mère qui s'effondre. Et l'autre qui continue de *germiner*. Me suis trompé de crime. Hamlet du femmicide. Déjà, enfant, nul au tir à la carabine. Déteste les foires. Manque tout. Toujours. J'aurais dû m'en douter. À l'attendre dans cette maudite fête foraine. J'aurais dû savoir que j'allais la manquer. La mort a plus d'un compas dans l'œil. J'ai manqué de géométrie.

La mère et la fille au sol, avec le petit dans les bras, je m'enfuis. Je cours. Cinq cents mètres avec lui. Deux minutes près du cœur. Deux minutes à retenir par cœur. Ce seront les dernières avec lui. Ses battements affolés. Ne t'inquiète pas, mon fils, à quatre poumons, on est plus forts. À quatre poumons, on s'en sort. À courir vers l'Olympe. On s'est bien préparés. Mis beaux. Short, baskets. On est prêts. Court de père en fils. Cette chevauchée, je te l'aurais laissé gagner. Tu aurais été fier, j'aurais été heureux de perdre. On les aurait faits ces kilomètres. Mais cinq cents mètres, c'est tout. C'est peu. Je ne le sais pas encore. Mes cinq cents plus beaux mètres avec toi. La dernière fois que je serai près de toi. La dernière fois que je te verrai. On court, mais ça nous empêche. Des passants me ceinturent. C'est de la triche, j'ai un poids sur les bras. Je ne peux pas me défendre. Ils me plaquent au sol. Je me débats. Je ne te lâcherai pas. Je suis ton lièvre. Je ne peux pas me relever. Du mal à bouger. Immobilisé. Un pays en guerre. À rester par terre. Ils vont m'amputer. T'arracher de mes bras. Tu pleures. Tu pleures et je te regarde partir. Partir pour toujours. Je ne te reverrai pas. J'ai contemplé le recul de l'adieu. Quel visage as-tu donc mon fils aujourd'hui ?

Scarifions les choses. « *Rien ne saurait être entier ou complet qui n'ait été déchiré* » écrit prodigieusement Yeats. J'ai fait dans la boucherie, que des pièces de choix. La carotide puis le cœur. Mais rate l'examen. Charcute au lieu de finir. Faute commise, faute due. Voilà où m'ont attiré mes sorcières. Va falloir payer maintenant. Attiré par la pente, à courir vers l'illicite, la prison va devenir mon point de côté. Je me suis fait attraper, le psy, bien sûr. Ensuite ? J'ai été placé en garde à vie. Terminé. Pour toujours. À partir de cet instant, pour le reste des jours à venir, je vais être enfermé. De différentes façons, mais cloîtré. Ma vie, celle des miens, celle de ceux dont j'ignore tout, va être modifiée à jamais. Chacun son tour pendant que le greffier du temps note tout. Je n'avais fait que demander un rêve et tout le commissariat qui rapplique. Tant de choses dans ma tête. Il faudrait que mon cerveau pleure. Qu'il ait son sanglot propre. Que le sang me coule enfin par les narines.

Arrivé au poste, on me retire lacets, ceinture, m'installe dans une pièce, menotté. La déposition va commencer. Le type sort. Laisse la porte entrouverte. Je ne décide rien. Mon corps s'enfuit. Je le vois courir, trois policiers à sa poursuite. Ils ne le rattrapent pas. Il va bien trop vite. Où va-t-il ? En quel sens se réfugie-t-il ? Va-t-il récupérer son fils ? Mais le sait-il ? Il se cache derrière un bosquet. Deux voitures de police, plein gyrophare, font des allées et venues. Il ne peut plus sortir. Il est pris. Au bout d'une heure, je le convaincs. Le sors de sa cache. Lui fait lever les mains. Retour à la case départ, au commissariat. Le soir, je serai transféré à la prison du coin. Loos, dont je ne vois rien en arrivant. Je dormirai pour la première fois en prison. Quel souvenir ai-je gardé de cette nuit-là le psy ? Rien, absolument plus rien ne va me traverser l'esprit à partir de ce jour-là. J'étais là comme deux jours auparavant je dormais dans notre appartement. Je vais être là pendant quatorze ans.

Le premier mois, aucune visite. Sas de dépression. Le taux de suicide y est plus élevé qu'à n'importe quel autre moment de l'incarcération, tu le sais bien. Pour m'entraver, les médicaments. Éviter la pendaison, s'endormir avec raison. Ils vont me découvrir, plus tard, tant de pathologies auxquelles je ne crois pas. Psychotique à tendance borderline. Schizophrène. Déficience mentale avec probabilité de passage à l'acte. Autant de maladies dont je n'ai absolument pas conscience, ce que tu n'arrêtes pas de me répéter depuis le psy. Je souffre, mais d'une souffrance sans point d'imputation, une souffrance blanche, échouée dans sa propre pénurie :

une détresse sans objet. Je suis malade. Sans remèdes. Rien ne pourra m'entraver. Il aurait fallu me défaire moi par moi, avec la sincérité de la main droite. Me piller. Encore eût-il fallu pouvoir trouver quelque chose dans mon ventre. Un centre où j'habitais durablement.

Je revois enfin ma famille pour la première fois trente nuits plus tard. Qu'en sauront-ils de ces trente nuits-là ? Je ne dirai jamais rien. Aucune plainte sur mes conditions d'incarcération. Pas traduisible en langage commun. Je suis là. Vous êtes ailleurs. C'est tout. Entre celui que vous avez quitté et celui que je vais devenir, je suis demeuré en suspens. Je n'aurai plus d'âge, plus de qualités, ni de défauts conscients… Je serai le frère de toute solitude. Après ce premier parloir, comme tous les suivants, je vais m'efforcer à chaque fois de rentrer le plus rapidement dans ma cellule, pour leur dire au revoir. Je n'aurai plus le visage des départs. Pendant quatorze ans, je vais devenir un bras qui s'agite derrière une fenêtre.

La vie à la fenêtre. Derrière des barreaux. La tête dans les nuages au quatrième étage, à espérer un vide libérateur, le salut digne de l'écume. Doux rêveur en lévitation, qui n'a plus les pieds sur terre. Ai-je seulement eu un jour des pieds ? Depuis ma fenêtre je vais apercevoir toute l'année des SOS, départ de feu dans des papiers lancés par les détenus. Personne pour les voir. Il n'y aura jamais de couloir aérien au-dessus de nos têtes.

Lors de ce premier parloir, la famille me dit *fais attention, n'aie pas de mauvaises fréquentations, tiens-toi correctement. Attends le jour de ta sortie.* L'impression d'être à la rentrée des classes. Elle voudrait m'interdire les patrouilles malavisées auprès de la fripouille. Évidemment, je veillerai à ne pas fréquenter le dealer, le braqueur, le violeur, le pédophile, le tueur. Je veillerai à être sage. Je suis un bon garçon. Mais que fais-je d'ailleurs ici ? C'est une injustice ! Laissez-moi sortir ! On est en plein délire. Je vais passer en prison la moitié de mon existence. Sitôt entré, nouvelle vie, nouveaux amis. Autres enjeux, risibles tout autant. Vous n'y pourrez rien.

La première fois que j'entre en cellule, comme chaque fois que je sortirai et rentrerai d'un parloir, la fouille au corps. Se déshabiller. Passage obligé avant l'entrée en cage. Soumis à un examen corporel approfondi. Un gardien, médecin de l'âme sans doute comme toi le psy, scrute ma bouche, mes oreilles, mon nez, mon anus, afin de vérifier que mes orifices ne dissimulent rien. Intérieur et extérieur doivent être en parfaite conformité. Gardien qui voudrait savoir ce qui chez moi trahit encore des signes d'humanité. Dans un monde où chacun est suspect de duplicité, il faut bien se demander si intérieur et extérieur sont congruents. Mon corps ne doit être rien d'autre que ce qui est visible. Que je ne sois plus rien. Car comment *rien* pourrait-il encore avoir à dissimuler quoi que ce soit ?

Flaubert avait son gueuloir le psy. À voix haute, il y disait ce qui venait de s'écrire sous sa main. J'ai mon parloir.

Pour m'y entendre dire ce que je n'ai jamais rien décidé. Un foulard n'a jamais caché la lumière au fond d'un couloir. Un trou noir dans un gant blanc. Au parloir, on vient me visiter. Secouer le cocotier. Boule à neige, emportant avec eux leurs sourires. Mais rien qui respire dedans. Ils me parlent de ce que j'ai fait. Remuent le couteau dans la paix.

Je vais rester en détention provisoire pendant cinq ans. Cinq ans durant lesquels je suis encore vierge, un présumé innocent. Cinq ans avant la tenue de mon procès. Entre-temps, mes parents auront obtenu la possibilité de voir mon fils en présence d'un médiateur, dans un centre d'accueil. Jusqu'à ce qu'Anne-Sophie décide de ne plus y emmener notre garçon au bout d'un an de visite. Sans recours ? Non, mais dans l'intérêt du petit a dit le juge aux affaires familiales, faudra attendre que mon fils soit en mesure de décider s'il veut venir ou non. Quatorze ans plus tard, je n'ai toujours pas de nouvelles. Je n'en ai jamais pris. Il n'en prendra jamais. Je n'aurai plus jamais de fils. Il faut que j'oublie, vite. Demande à mes proches une fille. Il me faut une fille. Un contact, n'importe quoi, mais la parole d'une fille. Avant le procès, ma belle-sœur et mon frère vont s'en charger. D'abord la cousine de Manyisa, dont elle me laisse l'adresse, qui vit en Algérie. Je cherche dans mes archives. Lui envoie une lettre d'amour type, puis deux, puis trois. Elle veut venir en France. Absolument. C'est la grande Histoire. Pour elle. L'administratif en amour que je suis la délaisse pour un autre dossier. Recontacte Soraya, une copine d'enfance dont je demande l'adresse à Manyisa, qui la connaît tout autant.

C'est la seule qui viendra au parloir. La dernière femme que j'embrasserai jusqu'à ma sortie. Je renais. Me sens pousser des ailes. Tellement, que j'envoie une autre lettre à l'une des deux sœurs de Manyisa, Janah. Il m'en faut plus. Toujours plus. Elle voulait débuter une correspondance avec moi, par compassion sans doute. Les lettres deviennent plus régulières. Je lui envoie un copier-coller de mes lettres d'amour. Des dizaines de lettres dont je conserve précieusement les originaux. C'est l'escalade. Quitte Soraya pour Janah. Qui devait venir me voir également. Faire les papiers pour un parloir. Elle reculera. Trop compliqué. Les années d'attente. À quoi bon quand on veut faire sa vie ? Rencontrera quelqu'un d'autre. Aura l'honnêteté de me le dire. Je menacerai de lui envoyer quelques hommes de main, d'aller la retrouver personnellement lorsque je sortirai. Mon frère, qui avait servi d'intercesseur entre elle et moi, refusera, désormais, avec ma belle-sœur, de me présenter qui que ce soit. Trop dangereux, me dira-t-il. Ce sera ma dernière histoire avec une vraie fille, une fille du monde des vivants. Juste avant le procès. Après ? Après, je ferai avec. Avec la nuit. Les gardiennes de prison. Après le procès.

Le jour du procès, à la barre, après cinq ans d'incarcération, je suis un bloc informe d'où ils s'efforcent de tout retirer comme toi le psy. Qu'espèrent-ils ? Une pierre qui se sculpterait du dedans ? Je ne dis rien. Toujours rien. Depuis l'enfance, en moi la parole déparle, la primitive force de détruire l'emportant toujours plus facilement sur celle de créer. Avec le temps, ça ne s'est pas amélioré. Il ne me reste pas même un peu de fermeté, comme des assises. Je baisse la tête. N'écoute même plus. Suis dans un drame somnambulique. Devant l'immensité de leurs questions, que devrais-je répondre ? L'enfance difficile ? L'avocat pense que cela aggraverait mon cas. Je serais depuis toujours un meurtrier si ma défense était celle-là, ma peine alourdie. On ne parlera donc pas de l'enfance, ni de mon père. Tout est absolument parfait jusqu'au jour du drame. L'avocat voudrait plaider la folie. Mais à l'époque, aucun rapport d'expertise ne mentionne ce type de trouble permettant de justifier l'altération des facultés mentales au moment du passage à l'acte. Il fera pourtant cette plaidoirie, inutilement. À quoi bon répondre à leurs questions, dès lors ? C'était dresser un mur couvert de formules, pire d'enluminures. Et je ne voulais pas faire joli. Rien n'était défendable. J'allais être déclaré responsable. Malgré le fait qu'il y ait des petites voix qui me parlent en moi. Malgré le fait qu'elles continuent à le faire encore aujourd'hui, tu l'as encore constaté la semaine dernière le psy, qui me font ricaner doucement et en permanence, qui effraient ma famille. Mais à l'époque du procès, personne n'en croit mot. Personne ne me considère dans le bon ton à l'instant où je leur dis cette vérité. Personne, lorsque pour la première fois j'ouvre enfin la bouche dans leur prétoire. Alors, à quoi bon le psy ? Hein, à quoi bon ta science quand il t'a fallu quatorze ans pour dire que, oui, c'est vrai, Monsieur — eh oui, le psy, j'ai encore le droit à du Monsieur lorsque parfois il t'arrive de t'adresser à moi, mais toujours dans les moments où je vais recevoir une punition tu traites Monsieur comme un enfant — alors, donc, c'est bien vrai, quatorze ans pour dire que Monsieur souffre de plusieurs troubles de la personnalité, de pathologies lourdes dont il ne pourra jamais être guéri. Quatorze ans. Pour sûr, tu as pris tes précautions avec tes collègues. Vous m'avez laissé faisander dans ma médiocrité pour en être assuré. Alors quoi, le psy ? Il faudrait que je te parle maintenant pour attendre ton autre verdict dans quatorze ans ? Il aurait fallu que je leur dise quelque chose à ces jurés lors de ce procès ?

Non, plutôt, je la regarde faire La Justice. Leur Justice. Plus long qu'à La Poste, c'est possible. Et vas-y que ça soupèse. Et que ça balance. Et que ça prend son temps les yeux crevés. Elle croit qu'elle va où, Justice aveugle ? Elle ne sait pas. Alors ça parle. Ça parle tout le temps. Qu'est-ce que ça bavarde. *Justice,* c'est rien. *Justice,* c'est du bruit, sans la langue qui bouge dedans. *Justice,* ce n'est qu'un groupe de musique électro. Que pouvais-je en attendre ? Pouvais-je seulement y faire appel de ma vie ? Rien à faire de leur code pédale. *Faut pacifier,* c'est à ça que servent les tribunaux. *Faut pas s'y fier,* répondent en chœur les prévenus dans le box. Moi, je le jure sur le Dalloz, lève haut et bien droit le majeur, je n'ai rien à dire. Ils m'observent. Aucune émotion, qu'ils disent à la barre le psy. Figé dans mes expressions. Ils attendent quoi ? Des regrets ? Je ne vais pas me mettre à chialer comme De Niro dans *Mafia Blues.* Le préfère dans *Taxi Driver.* Déclame du punk quand ils espèrent violons. Et si je prends perpète, au moins ma vie sera faite. Tout ça ne sert à rien. Se faire pardonner. On s'excuse seulement pour pouvoir recommencer. Je me tairai. Je suis un visage veuf depuis si longtemps. J'ai perdu un jour quelque chose entre ici et là. J'attends mais toujours pas de signes, hélas! Et ils voudraient que je le leur dise. Que je leur parle de ce qui s'est perdu. Pour ça, il faudrait que je puisse me deviner dans l'inconnu. Marcher les genoux crevés. Douter de ma propre nécessité et, malgré tout, me dire. Me dire à eux, qui espèrent la lumière d'un illuminé comme toi tu l'attends le psychiatre. Dans une parole de failli : extraire une certaine vérité de mon passé qui s'insurgerait contre ses propres commandements sitôt formulés. Est-ce une parole seulement dicible ?

Alors, je les écoute parler comme on a toujours parlé à ma place. Leur litanie. La longue et ennuyeuse énumération des reproches. Ils m'analysent. J'ai un problème. Suis un narcissique pervers. Prends les femmes pour des objets. Je drague, les emballe, mais dans un sac mortuaire. La preuve, je leur envoie toujours les mêmes lettres d'amour. Les mêmes, depuis l'adolescence. Pour les posséder. Les dominer. Les lettres, une cristallisation des mes obsessions. À les entendre, ils ont inventé la poudre. M'ont enfin décrypté. Avec leurs faits, qu'ils présentent comme vérité. La vérité, c'est qu'ils m'enferment dans un réseau de significations comme toi. Et font feu de tout bois. Tout fait sens, selon eux. Et par quelque bout que l'on prenne le problème, je suis fait comme le rat. Si j'étais volage, masturbateur, multipliant les conquêtes, mon obsession pour les femmes s'expliquerait. Mais elle le serait tout autant si j'étais introverti, obséquieux et abstinent.

On n'échappe pas à la fatalité de la parole formulée dans un prétoire. Ni à la tienne, le psychiatre. Parce que tu es comme eux. Non ? Mais si, bien sûr ! Et je dirais même pire. Il n'a pas été question de mon enfance dans le prétoire, ni même vraiment de ma turbulence à l'école et au lycée. Mon avocat, te disais-je, ne voulait pas que mon parcours donne le sentiment de la criminalité en puissance chez moi. Alors, par exemple, à la barre, personne n'a mentionné ce jour où, après un entraînement d'athlétisme, j'ai tiré au pistolet à grenailles dans les genoux d'un type qui me cherchait querelle à propos d'une fille. Rien dit de la police qui a perquisitionné la maison des parents à la recherche du dit pistolet, enfoui qu'il avait été par mon frère à qui je l'avais confié au préalable. Rien dit. Rien dit sur le fait que chaque matin, en partant au collège, j'emportais dans mon sac à dos un couteau de chasse comme un cran d'arrêt. En permanence. Au cas où… Mais en cas de quoi ? Rien dit sur mes bagarres, ces respirations dans mes poings. Rien, à part l'épisode malencontreux du service militaire. Pas grand chose donc, qui a été transformé en une aversion pour la discipline par l'avocat. Mais toi, tu as repris le dossier dans l'ordre. Tu as été consciencieux. Mais, comme mes juges, tu n'as pas tenu compte du serment de juré. Car mes juges, avant de me juger, ont juré de ne jamais juger un Homme mais un acte. Ils ont juré de ne jamais réduire cet Homme à son acte : moi=mon crime. Comment ? Tu n'es pas tenu par ce foutu serment ? C'est une plaisanterie ? Bien plus que ce serment, le sens même de ta fonction c'est de faire la part des choses. Te montrer pondéré. Un Homme n'est jamais la somme de ses actes. Il y a toujours en lui un arrière-pays, qu'il s'agit de découvrir. Foutaises ! Foutaises ! Foutaises ! Foutaises. Mais ne t'inquiète pas, je reprends mon calme, le psychiatre. C'est difficile, pourtant, avec toutes ces voix dans ma tête. À vous entendre me parler en permanence. À vous répondre en écho sans jamais que j'y ai ma part. Tout le monde, depuis toujours, s'est efforcé de me faire parler, moi qui ai sans cesse parlé à partir de mes seuls lapsus. Tout le monde a toujours voulu se prendre pour moi tant je n'y suis pas. Même dans sa bienveillance, ce type qui se fait appeler *mon frère*, qui écrit ce livre sur moi, me met dans la bouche des mots que je ne connais pas. Croit réparer mais continue de saccager mes bouts de bras. Le moi ne s'additionne pas plus que les mots mis bout à bout ne font la phrase. Tu as commencé, achève-moi, toi comme les autres !

C'est le moment pour nous de faire le point, le psychiatre, je crois. Voilà plus de 100 pages que tu questionnes mon existence pour statuer sur mon rôle dans cette histoire. Toutes ces pages pour savoir si, coupable, je n'ai pas des circonstances atténuantes, comme ils disent. Mais je crois bien que la question est tranchée pour toi depuis longtemps. Je ne suis pas seulement responsable de ce crime, parce que je l'aurais désiré. À égrener ainsi mon existence, depuis l'enfance maudite, l'adolescence difficile, le malaise dans mon époque à l'âge adulte, mon crime aurait été prémédité avant même de le penser. Mon crime serait prémédité dès le départ. Ma vie n'aurait été que la mise en scène de mon crime. Moi, donc, responsable tout de suite.

Immédiatement. À la sortie de l'utérus de ma mère. C'est là qu'il aurait fallu m'empêcher. Mais dis-moi, pour un type qui a tout prémédité, de si longue date, minutieusement, quel désordre au moment du passage à l'acte ? Je me tiens debout dans cette foire, couteau à la main, au vu et su de tous. Poignarde à qui mieux-mieux quand l'autre arrive, en pleine lumière, au grand jour, sans prendre garde à être pris sur le fait ou non. Curieux, non, pour une si longue préméditation ? Moi, si j'avais réellement prémédité un crime, je me serais efforcé de le faire à l'abri des regards, non ? Je ne l'ai pas fait. Tu dois te dire que même dans le crime, je ne fais pas sérieux. Que je ne fais les choses qu'à moitié. Ou alors peut-être, penses-tu, j'en ai eu assez d'envoyer des signaux d'alerte depuis l'enfance. Que, fatigué de n'être pas entendu, j'ai décidé de frapper un grand coup. Trente-sept fois. Oh, eh ! Il y a quelqu'un ? Ou alors, variante, jusqu'à ce jour fatidique, je serais parvenu à dissimuler ma propension au crime, jusqu'à… jusqu'à un élément déclencheur. Mais lequel, le psy ? Lequel ? Le sentiment d'abandon ? Oh, oui, c'est ça, j'étais l'enfant délaissé dans la famille, penses-tu. Tout s'expliquerait. Mais alors, le psychiatre, vite, il faut enfermer immédiatement tous les enfants qui se trouvent en attente d'adoption, en foyer de placement, en famille d'accueil. Vite, parce que le crime viendra, sinon ?

C'est étrange le psy. Plus tu cherches des causes à mon crime, plutôt que de le grossir, de le surdimensionner pour en faire éclater l'horreur, tu en diminues l'importance comme la réalité finalement. À tant d'explications, tu le normalises. Tu le banalises. Ce qui en faisait tout le caractère extraordinaire devient ordinaire. Tu me neutralises finalement. Tout ce qui faisait l'épaisseur de mon existence est aplati. Plus tu cherches à en savoir sur moi, plus tu m'annules dans ma singularité. À la fin, je ne serai plus rien, tu verras. Tu pourras me liquider enfin. Car à force de chercher des explications à mon crime, tu m'ossifies. Me retranche la vie. Plus tu sondes mon existence, moins j'en suis le protagoniste. Je deviens nomade de la conscience de soi, en mésintelligence constante avec lui-même. Dans ton discours comme dans ta volonté explicative, je ne suis plus rien. Ou plutôt si, je deviens une plante. Car seule la parole végétative peut encore m'exprimer aux autres, comme à moi-même. Tu fais de moi un type qui se cherche sans se trouver, qui appartient aux heures chrysanthèmes, aux lignes nettes dans l'étirement des vases : je deviens purement décoratif. Dans ton discours, tel que je m'y trouve pris, jamais je ne dirai quoi que ce soit qui me révèle dans ma singularité, nuage ténu qui flotte vaguement au-dessus de rien, comme une cachette.

Le procès, donc, j'y reviens le psy. Rapidement, je suis fatigué par les débats. Épuisé par leurs questions auxquelles je ne réponds toujours pas. Suis sans doute l'acteur de leur scénario, mais un acteur qui ne joue plus, un film de Robert Bresson en trois dimensions. Regarde le public. Tous à tendre l'oreille. *Plus de gens à l'écoute que de RG sous Mitterrand.* À la barre se succèdent psychologues, psychiatres, avocats. Personne ne dit le même texte, mais tout le monde joue la même pièce. Avec leurs mots en froid. Chacun dans ses bottes, avec ce ton caporal de celui qui sait, sans jamais s'efforcer de retenir l'extraordinaire galop de leur manège. Parlent à couper le sifflet d'une pie, tantôt pour me défendre, tantôt pour me descendre. Mâchoire jamais fatiguée, saturée, mais quel râtelier à leur mesure ? Parlent dans mes trous, dans mes blancs, dans les silences de mes inconsciences. Me prennent en charge comme s'ils étaient responsables d'un mystère. Et déversent ainsi leurs charretées de mots en espérant le combler. Ils voudraient bien que je me laisse prendre aux harmoniques de leur chant. Mais ça n'envoûte pas, ça embrigade. Il y a dans leur prose comme un cliquetis d'armes, une phrase chargée qui voudrait soudain me faire craquer comme le dégel un étang. Consumé par leur feu, je reste en place, cendreux, poussiéreux, décalcifié, désossifié. Dans leur discours, aucune chance n'est laissée à la respiration. N'essaient même pas de me rendre à mes impuissances. Être l'acteur de l'absent que je suis. Ne cessent de questionner mon identité. Ma fiche de futur dégringolé. À *m'ensaigner* qui je suis. Étrange torsade de bruits et de signes autour d'une syntaxe obnubilée de se réduire à un code servile. Tous à la solde d'une transmission univoque et donc tautologique des contenus de la réalité : jouer son rôle. Un bluff au noir de fumée. Tous ces nonces et légats aux coudes soudés, incapables de reconsidérer leur suffisance face aux grandes souffleries du néant qui auraient vite fait à disperser toutes choses. S'épuisent, mais il n'y a rien à dire. Levez les écrous ! Laissez-moi partir. Vous n'y pouvez rien. On ne déchiffre pas un abîme. On ne parvient même pas à glisser son corps dans sa nervure. Vous espérez pouvoir contenir la vie d'un individu dans un box, fût-il d'accusé ? Une vie, la mienne, celle de chacun, est pleine de péripéties, nul n'en achèvera la chronique. Et toi comme eux le psy vous voudriez ramasser en quelques heures des morceaux d'existence qui, ensemble, ne feraient pourtant que l'épaisseur d'une paupière tirée. Vous ne comprenez pas que ce qui est beau, c'est ce qui échappe à un homme, à partir d'une élimination. D'accepter d'être l'esclave attentif de ce qui le dépasse. Alors je ne parlerai pas. Je ne parlerai jamais. Le mot de Bernanos : « *je ne peux pas vous répondre. Je suis prisonnier du grand effort que j'ai toujours fait pour vous rejoindre tous.* »

Et puis ça tombe, la sentence, le psy. Dix-huit ans. Apparemment, veulent plus me laisser sortir les jurés. Pour en être certain, me repoussent dans mes ruines et mes plâtras. Dix-huit ans. Ne pas désespérer est la première des trêves. Le premier geste de survie. Mais dix-huit ans. Mes jours dans les jours, Matriochka de plus en plus petits. Ça ira mieux au bout de demain. Dix-huit ans. Pourquoi pas dix-sept, « *quand on n'est pas sérieux* », hein Rimbaud ? Dix-neuf, quand bientôt on sera vieux. Mais dix-huit ans. Pour me refiler la majorité que je n'avais pas. Dix huit ans, pour refaire l'adulte que je n'étais pas. J'avais fait les cent coups. Je ferai les quatre cents pas.

Le soir du verdict, je retourne en cellule. Je suis dans le mur pour dix-huit ans. Tout le temps pour devenir enfin responsable. Mais comment renverser la balance à mon profit, m'agrandir du contenu successif des heures ? S'il faut se vaincre aussi, faudra-t-il que je continue jusqu'à ce que « *le mur devienne une porte* », comme dit Emerson ? La prendre, cette porte, large comme le ciel, qui est tout en bas ? Je vais avoir tout le temps d'y penser. Mais plus les jours vont passer, plus les chances de réponse vont s'amenuiser. C'est ainsi. En prison, le jour est un salaud. Juste avant l'aube, prend chaque matin un songe. Du lundi au dimanche, les jours te brisent les membres. Ils n'ont pas d'idole. Et moi j'attends. Seul. L'absence. L'absence des autres. L'absence de soi. L'absence est un amoncellement de choses tuées. Je suis mort dedans depuis longtemps.

Loos. Je reviens pour un temps dans mon hôtel très particulier juste après le procès et le rapprochement familial en région parisienne. Un cinq étages au guide Michelin. L'administration tente de m'élever sur pilotis, cité lacustre. Mais pas de bois ni d'eau. Elle me choisit le dernier étage. Pas d'échappatoire. Il y a bien une porte de sortie. Elle ne donne que sur un toit. Que la prison rompe son jeûne. Qu'elle me laisse m'enfuir. Impossible, rien que des pièces en enfilade. Dans un bâtiment décati. Vais vivre désormais dans une cache. Au centre de ce monde. Dormir en son nombril. J'ai une petite chambre avec vue sur mur. Seul parmi le monde, tête au milieu d'une orgie. Mon havre de paix tient dans ce neuf mètres carrés. Faut de l'espace pour être roi. J'ai le privilège d'être seul. DPS. Je suis un Détenu Particulièrement Surveillé. J'essaie de voir les choses autrement. Imagine à la place mon ancien appartement. Un foyer est plus qu'un lopin de terre. Il est transportable dans sa boîte crânienne.

Dans ma cellule, j'essaie d'arranger le quotidien. En faire une garçonnière. Un appartement de célibataire. La pièce mérite chaque jour son coup de balai. Ce n'est pas tant qu'il y aura des invités, mais cette sale impression de marcher sur du gravier. Cinq ans que je suis déjà là, cinq ans plus tard et le sentiment que je viens de faire mon déménagement. Des cartons ici et là. Même à vouloir y mettre de l'ordre, rien de rangé. C'est tout le bâtiment qu'il faudrait vider. Pas de rideau aux fenêtres, aucune décoration. Un peu de courrier. Le lit est fait. J'attends un invité. Il n'y aura jamais personne. Faute d'avoir de quoi donner à la vie, ou lui opposer, on lui présente sans se lasser une forme sans contour et une substance sans matière. Pour moi, ma cellule de prison.

Au quotidien, j'ai les pieds sur terre vu que mon état n'est pas sans gravité. Trouve un emploi à la prison, préparateur de commandes. On ne se refait pas les rêves. Ma bonne étoile a pris la tangente depuis longtemps. Au bout du compte, plus rien dans la tête, plus rien dans les espoirs, seul le légiste pourra dire ce que j'ai dans le ventre. Et rien que le temps à bouffer. Les premiers temps, rien à rouler. Pas même une crotte de nez. Après, je ne vais pas m'arrêter de fumer. Moi qui courais. Je bédave tellement, on dirait une déforestation. File-moi vite un briquet, que j'effrite la résine de mes rêves perdus. Ces rêves à l'ancienne qui vont finir comme OM-Valenciennes. Une possibilité imprévue que le tonnerre du réveil vient dissiper chaque matin. Le jour fait bien son boulot, me les ampute pour ne pas qu'ils se propagent. Rien ne dure, même les songes. Cette vie n'est qu'une location. Je terminerai dans un linceul. J'ai toujours rêvé de finir dans de beaux draps. Comment rêver large quand ton monde régresse ? Il faudrait, de mes espoirs, que je batte le fer. Taille pour ces songes des manteaux à leur mesure. Essaye de contenir quelque chose de plus vaste que moi, un havre où loger ce qui n'existe pas. Mais comment clouer tout ce désordre ? À quel mur ? Il y en a trop ici.

La prison est un monde étrange le psy. Ne rien avoir fait des envieux. Et on est bien nombreux à n'avoir rien à se partager. Un monde des condamnés qui se partage en deux. Les petites peines sont bavardes. Toujours à se défendre. Personne n'a jamais rien fait. Ils finiront lapidés à tous se jeter la pierre. Certains font les durs, je leur laisse du mou. Suis pour le cumul des mandales. Les grandes peines se taisent. Trop lourdes à porter. Ont du plomb dans la salive. Et quand il leur arrive de causer, les mecs baissent la tête. La grêle de leur silence, qui vient rompre les trêves entre deux bagarres. Moi, j'évite désormais les bastons. Ma fausse dent m'a coûté un bras. La peur au ventre, reste plus qu'à faire la forte tête. Tête caillou, rasée, dure, de la pierre. Être fort, Achille sans talon. J'évolue en parallèle, comme l'économie. L'âme élastique pour vivre dans une telle tension. Et les yoyos pour faire monter, descendre la marchandise.

Ensuite, les modes de vie alternatifs. *Les pointeurs ont leur aile. Rarement de visite. Pas d'enfants au parloir. Baby-sitter genre Émile Louis. Pas de garderie pour Grégory. Et si tu veux des filles, ils t'en Fourniret. Un monde à part. On partage le même soleil, pas la même lumière. On ne les laisse jamais sortir.*

Pour les agités, le QD. J'irai une bonne dizaine de fois. Insultes, vols, bagarres, harcèlement sexuel. La prison dans la prison. En quartier disciplinaire, le seul moment où j'apercevrai un astre, sous le pommeau de la douche, le soir.

Pour le reste, au quotidien, c'est coupe une ou deux lamelles. On parle langue taillée. Tête tondue, barbe poussée, pas la gueule L'Oréal. *Ça balance du pointu si tu veux cirer des pompes. On se croirait à Bogota, pas de costard, la vermine pullule autant que les faux coste-La.* Une coalition de pouacres, à l'intérieur de laquelle les esprits saints sont rares comme les danseurs noirs dans *Grease*. De la mauvaise herbe. C'est pas nous qu'on rumine. Pas nous qu'on mettra en gerbe. De la mauvaise graine, on ne fera jamais de bouture. On est les ignorés d'Aphrodite.

On finit sans doute tous pareil. Pas de tri sélectif chez les vers. Mais ça ne se mélange pas. Pays, départements, quartiers, jeunes, vieux, braqueurs, dealers, tueurs, on reconfigure en permanence les pôles. Je fais ma part. Je n'ai pas été si mal élevé que ça. Je refais société, version communautarisme, comme les autres. Ceux qui ne sont pas du bord ? Trop tard pour devenir mon pote d'enfance. Je peux juste te proposer d'être seul ensemble. Il n'y a que dans mes rêves érotiques que je marche en bande. On n'en viendra pas aux mains. On n'a jamais eu de poings en commun. C'est pour ça qu'il y a les matons. Pour espérer que ça tienne. Mais aucune chaleur humaine, leurs cœurs sont des sacs isothermes. Comment espèrent-ils souder ? Alors je les plombe. Bruce Banner, finissent tous verts. Pas le Géant. Les montagnes ne se rencontrent pas. Eux manquent de relief. Ont le QI d'un Cup Cake. Parmi eux, que des Jivaros, vu le nombre de têtes réduites. Leur expérience de la rue ? Avoir chopé un rhume.

Ici, on modifie les règles, une grossesse non prévue. Au foot, sur le terrain, la plupart des mecs ont la souplesse du mollet de Di Meco et la précision de Guy Georges, spécialité tacle à la gorge, tous *surin*. Si tu as des protège-tibias, ils visent les genoux. Tous bons pour l'orthopédiste. Si ça doit se décider dans le dernier quart d'heure, tu feras Battiston, je ferai Schumacher. Mais ça ne joue pas très vite. À courir après le shit, on ralentit.

On est vieux tous les jours. Le film de boules, c'est la partie de pétanque le matin. Avec bout de chiffon enroulé autour d'un caillou. Le cochonnet, c'est le moment le plus important. Quand je le lance, tout s'arrête dans la cour. Je voudrais m'accrocher dessus. Être tellement loin que j'en devienne nostalgique du futur. Mais il n'y a aucune échappatoire possible en prison. Regarder les étoiles est vain. Me reconduit à ma condition de sous-classé. Le ciel à son tiers-monde aussi. Pas d'étoile du Sud. C'est l'étoile du Nord qu'il faut suivre. Au Nord qu'on s'en sort. Le ciel pue l'injustice.

C'est cinéma en plein air continuellement. Des caméras, il y en a partout. Silence. On tourne ; ça tourne. Non-stop. On tourne en rond. Les promenades. Nos pas y fusent ou déferlent, pareils à des exutoires : la promenade devient une inconnue qui a perdu son équation. Les promenades, on ne les décide pas. On ne part pas en promenade. La promenade n'est pas une invite à la déambulation. C'est une prison de plus dans la cache. On va *dans* la promenade. Tout y est réglé. Dans ses pas, on reste enfermé. À force de promenades, on n'y marche plus. On tourne. À vide jusqu'à être craché. Un linge rincé. Séché soir et matin. Malgré soi, on se met à tourner indéfiniment. Curieuse danse de derviche tourneur. Sans le savoir, on devient soufi. Il y a un mystère à nous voir tourner autant. Quelque chose de métaphysique se joue dans la cour. *Entés* à notre univers dirait Merleau-Ponty. Greffés aux murs de la promenade. À croire que dans ce micro-univers, on tourne sans fin pour se changer en torche. Que l'on brûle enfin. Et disparaisse définitivement.

Dans la promenade, si tu es seul le psy, tu n'as aucune chance. Un obèse dans un *speed dating*. Frazier contre un ninja Kid. Faut s'équiper. Sinon, tu es bouffé aussi vite qu'une banane sur la planète des singes. Les règlements de compte. Frapper le premier. Prendre la ligne directe. Aller d'un point A vers ta gueule. Sinon tu tombes de haut, façon Marcel Cerdan. Et quand éclate une bagarre, tout le monde est sur ses gardes. Quand un deal se trame, respect des conventions et usages, on ne s'en mêle pas. Dans le désordre, on est tous à sa place. Chacun épouse bien la rafale. On y est depuis toujours. Le problème, c'est qu'en grandissant chacun conserve cette part de l'enfance qui ne meurt jamais : la cruauté. Elle est en chacun, disons qu'on s'habitue. Nous fait des yeux plus gros que le ventre, dans sa veste ample.

J'en vois qui laissent aller leur barbe. D'autres qui soulèvent de la fonte. Chacun pousse les murs à sa façon. Chaque jour, je fais des pompes. Cent le matin, cent le midi, cent le soir. Avec tractions à la barre ensuite. Je pousse. Je pousse. Voudrais rejouer *L'évadé d'Alcatraz*. Repousser le sol. Soulever le ciel. M'enfuir. Mais rien ne bouge d'autre que mes membres. Je muscle le vent. Rien que de l'air où ne souffle aucune aubaine. J'inspire comme le printemps se gonfle d'exaspération avant l'été.

Quand je rentre de la promenade, mes murs me causent de l'état du monde. J'observe. J'ai le temps. C'est le mois d'août toute l'année. Les mouches me tiennent compagnie. Me sont familières. Des meurtrières à échelle réduite. Après chaque forfait, ne se lavent pas les mains de manière compulsive. Non. Elles aiguisent leurs couteaux dans l'attente d'une prochaine victime.

Le reste du temps, je le passe dans des centres de soins palliatifs, les livres. Quand j'ai le blues, j'en écoute un blanc de Nick Drake. À me faire du mauvais sang, un hémophile. À ne vivre que de chocs, un centre de cloches. Ça fait d'autant plus mal aux oreilles qu'en prison, ton amour propre se réduit comme le territoire de la Palestine. Je m'adapte. Je maigris. Le ténia du temps. Porte ma peine, qui s'alourdit dans la balance. Suis toujours un peu cariste.

Sans repères dans ma vie, chaque jour, je répète les mêmes mouvements. Fais les mêmes gestes. Aux mêmes heures. Invariablement. Je me mécanise. Me standardise. Me Fordise. Une vie de machine ? Je me crée une mémoire. Défibre mes nerfs pour ne plus entendre leur plainte. L'aptitude à dévier d'un comportement programmé est due au souvenir d'événements récurrents. Dans ma machinerie s'inventent mes lendemains. La répétition permet l'improvisation. D'elle naît la variation. À me répéter, me voici au seuil d'un changement. Il le faut bien, tout est routinier entre ces murs, pour éviter de penser. Mais je vis encore. Je le sens bien. Quelques soubresauts dans mes mouvements déchirent parfois leur discipline. Des tics percent ici et là, comme des éclats de frustration. Dans ces mouvements cassés, il y a une sorte de sécheresse qui s'envole quand même. Un déchaînement — mais pétrifié. Quelque chose qui me retranche des airs familiers, qui s'apparente au soulèvement, et ne se mesure pas. Quelque chose de rigide qui accroche les élans, une stérilité qui hoquette au travers des zébrures des barreaux, comme si le temps et l'espace étaient convulsés à mesure d'être comprimés. Le béton a aussi ses libertés. Bouge, s'effrite, puis s'en va. Son armature parle dans mon corps. Ma vie, désormais, cette galère, sans le pied marin. Il me faut athlétiser mes forces. J'essaie de me maintenir en forme. Tous les jours, matin et après-midi, lors des promenades, je cours, mais verrou ?

Vivre à l'ombre ne préserve pas des brûlures. Chaque soir, je repense à mon crime. Chaque soir, à me poser les mêmes questions, pendant que les moutons me proposent leur réflexion : bêle ou crève. Tu crois le psychiatre que je pourrais ainsi, face à ce spectacle, me trahir en me dénonçant, reconnaissant le mal que j'ai commis ? Que je répète dans ma tête la transgression de l'interdit pour refonder celui-ci ? Laisse-moi sortir, et je te montrerai. Je le referai. Parce que c'est sa faute. Elle a empêché mon happy end. Je l'aimais et n'a plus voulu de mon amour inconditionnel. Elle a empêché l'histoire. On ne retient pas l'amour en marche. Il n'y avait plus d'issue possible, autant la supprimer. Le tragique tient précisément à l'impossibilité de faire récit.

Il y a une possibilité pourtant. La sortie de prison. Je l'imagine souvent. J'écris : *Poignarder le soleil. Marcher dehors l'air absent. Mastiquer des poèmes. Plastiquer les phonèmes. Graver mon nom sur un maximum de murs sales. Me souvenir des morts. Envoyer Dieu à l'URSAFF. Écraser mes regrets sur la peau d'un cendrier. Sourire aux gens seuls. Être à la ramasse. Écouter la pluie et relire Dylan Thomas. Insulter la vie. Cracher sur le sol. Écrire une lettre de démission. Imploser en vol. Allumer une cigarette pendant une bonne crise d'asthme. Parcourir les rues. Rencontrer une belle brune. Éponger le ciel. Caillasser la lune. Pleurer si le cœur m'en dit. Souffler contre le vent. Sécher le vendredi. Rêver dans les transports, histoire de s'aérer. Avoir tort en toutes choses et raison en une seule. Rire fort en public. Se foutre de leur code. Se tenir bien à l'aise à l'écart de leur vogue. Éteindre ma télé, mon portable et puis Google. Avoir le souffle coupé devant une toile d'Hammershoï. Détester le printemps. La foutre en sourdine. Compter sept volumes de grenadine pour un de lait. Recracher les minutes depuis le dernier marasme. Faire l'apologie de la folie comme Érasme. Flinguer ma petite monnaie chez le libraire du coin. M'installer dans une impasse. Revenir de loin. Consommer inutile. Aimer les greluches futiles. Échouer à l'arraché. Exister un peu. Virer de latitude. Partager mes richesses, jamais ma solitude. Et puis, la veille, remplir mon sac pour un voyage au bout de l'ennui. Et continuer de tourner en rond, tourner autour de mon ennui. Tout recommencer là-bas ou autre part. Errer dans un vide à faire.*

M'en sortir pour autant ? Redevenir le chef, le grand Indien de quelque chose d'essentiel qui me travaillerait ? Tenir la paume de l'horizon, avec l'ivresse d'y boire un peu pour ne pas rendre gorge ? Offrir la paume d'une main vide, une promesse dont chacun sait qu'elle ne sera pas tenue ? Reprendre goût à bricoler la démesure, ici, en prison ? Il y a bien des fleurs qui poussent dans le sable. Je m'étais promis de réussir. J'avais croisé les doigts. Mais plutôt que de faire un vœu, suis allé toiser l'étoile. Mes rêves ont toujours eu des têtes d'impasse. Est-ce que la chance est domestique ? Je n'attends plus rien, et même ça, met trop longtemps.

Face Van Gogh, faudrait poétiser mes cris. Le ciel est la limite des gens qui ne rêvent pas. Ils m'ont abaissé le plafond. Dans ces lieux qu'on me réserve, même les blattes ont le cafard.

Ils m'ont retiré le temps, ce temps qui n'est qu'un mari volage jouissant sur le sein d'une autre. Rien à faire, toujours dans ma vie en période d'essai. À m'en faire virer sans préavis. Je ne tire plus de plan sur la comète. Le coût serait trop astronomique. Ma douleur n'est pas que vertébrale, mais le fruit que mes pertes ébranlent. Oui, je te chante mes textes le psy, quand ça me prend, mais pas n'importe quand. Je chante lorsque je sens venir le moment où je m'abrutis dans tes questions.

Chaque jour, les médicaments à prendre, déjà, le psy. Me remplissent à perte, me bondent sans fin, espérant combler le vide qui réside en moi, que se génère un semblant d'âme au centre de ma machinerie. Le placebo de chaque matin. Char anti-émeute dans mon crâne pendant quatorze ans. Veulent me mettre au calme, l'aube penchée sur mon épaule. Brisé, plus d'os ni de contours, un corps sans nerfs, une tête sans sang, un état flaque. Seul comme les pôles. Seul. Je suis tout seul. Mes mains sont vides. Il me faudrait les joindre, pour mieux sentir ce vide : qu'elles lui prêtent leur contour. Un geste nul qui ressemblerait à la prière. Je jurerais qu'ils ne veulent plus reconnaître ce qui me caractérisait. Ce qui me faisait moi. Une résistance sauvage à tout ce qui m'empêchait, à ce qui en tenait lieu, d'être nu, dans l'éternel recommencement de l'aventure. M'inventer. Aller chercher mon lieu de dépliement. Ils ne veulent plus de ça. Mais me tenir droit, debout dans un bloc. Emmuré dans un moi qui n'ouvre plus, toute lézarde refermée, sur l'ailleurs.

Je suis une sorte de Dostoïevski à la roulette. J'ai l'esprit itinérant, une roulotte, qui finit par se perdre. Je voudrais seulement pouvoir lyncher tranquillement les heures qu'il me reste. Lutter contre les corbeaux du temps. *Seul ? Besoin de mes proches. Besoin de Desproges. Besoin de vivre simplement, entre les gens et l'entrejambe.*

Mes drames. Mes drôles de drames. Tous les drames. Individuels et collectifs. De la tête fracassée du bambin par son père aux génocides. Rien. Absolument rien n'en resterait, si je m'élevais à la hauteur d'une étoile. Rien. Absolument rien d'autre que la trace d'une fourmi sous mon pied un matin.

Selon Spinoza, Dieu est un brin d'herbe. Je marche dessus. Mais il n'y en a pas. Pas d'arbres non plus. Rien dans les promenades des prisons. Pourquoi le psy ? Pour nous sauvegarder. Nous sauver de leurs bras tendus. Qui appellent. Appellent les cordes et les nœuds coulants. Les Hommes font comme la Terre en prison, tournent en rond. Moi, en carré. Mes *Poteaux d'angles* ne sont pas ceux de Michaux. Sont hauts perchés. Beaux comme un rapace qui surveille ses proies. Mais comment a-t-on pu donner aussi belle consonance à un objet tellement laid : Mirador.

Et puis un jour, ça arrive le psy. La sortie. Quatorze ans après, parce qu'ils ne pouvaient pas faire autrement. Parce qu'ils ne pouvaient plus me garder. Avant la sortie, en chœur la famille, bienveillante, me dit que tout est encore possible à mon âge. Recommencer ? Mais quoi ? Autre gare même train.

Aimant sur un chemin de fer. *Prendre le train en marche. Rester à quai. Attendre le suivant.* Ils en ont des expressions qui filent, métaphores à grande vitesse. Pendant ce temps, à réfléchir, je reste à moisir avec mon bout du monde. Sans vraiment croire qu'avec la SNCF tout soit possible. « *Commun m'est là d'où je pars. Car j'y reviendrai de nouveau* », dit Parménide. Goûte trop l'isolement. Suis le roi de Defoe.

Mais je sors finalement. À trente-neuf ans. J'en parais dix de moins au dehors. Dix de plus au dedans. Toujours en vie comme un type attendant sur des rails. De mon vivant, suis un défunt. Un Des Fins. Ça fait longtemps *que je m'ai tué.* Que ça ne respire plus dedans. Aucune joie ni manifestation de quoi que ce soit ne peut se lire sur mon visage. Entre Kubrick et *Tristes tropiques.* Comme lorsque j'y étais entré, dans ma poitrine, rien. Sinon la claudication du monde. Le cœur qui boîte. Avec le crâne indifférent qui fait l'éloge funèbre de ce nouveau jour qui claque. Un de plus, un de moins, ça ne compte plus à présent. Trop de poussières dans le mental. Fatigué d'avance. Tout le trajet à refaire, un petit vieux qui aurait raté le bus. La conscience triste, un dimanche à Babou. Humeur qui déteint sur celle de mes parents venus m'accueillir. Ils sont là, droits dans leurs sourires, accompagnés de mon frère, morts. Une lithographie. La lumière du matin se perdant sur le sol. Tombant à plat. Rien pour la percevoir. Rien pour la réfléchir. Mon corps, comme sur une scène, prend la pose pour se chauffer au soleil mais je ne ressens aucune chaleur. Vingt-quatre degrés Celsius le matin, je porte tee-shirt, sweat, blouson orange, et une paire de petites lunettes noires aux verres rectangulaires qui me grillagent le contour des yeux. Je transpire mais incapable de rendre cette énergie du jour qui brille. Suis sous pression. Voudrais vivre mais ne le peux pas tant que je n'aurai pas retrouvé du sens. L'ai-je pu un jour ? À ne rien ressentir, je maquille en taxidermiste. J'empaille tout ce que je perçois autour de moi. Mort sur le vif. Les maisons, les corps, les espaces entre les corps, le ciel, le sol, tout est rempli, bourré d'un épais silence. Je m'en aperçois dans la voiture, sur le chemin du retour. Plus personne ne vit, ne vivra, n'a jamais vécu. Aucun enfant ne s'est jamais échappé de soi. C'est trop vrai. Trop réaliste. Une peinture de nature morte. Quand le centre devient vide, ne restent que les contours. Des murs. Bâtiments, halls, cellule, chambre, qui donnent son tour de taille à un homme. J'ai celle d'une guêpe.

Ils m'ont laissé sortir. À sec. Sans aucune permission pendant quatorze ans. Chacune de mes demandes, rejetée. Psychotique à tendance borderline disaient les rapports d'expertise le psy. Dangereux. N'importe quoi ! Parce que j'ai demandé en mariage cinq gardiennes de prisons différentes après qu'elles avaient répondu à mon salut ? Parce que j'avais mis en place un système de langage non verbal pour décoder leurs postures, interdites qu'elles étaient de communiquer avec moi par l'administration pénitentiaire, afin de deviner les signaux amoureux qu'elles m'envoyaient en cachette ? Parce que j'ai déjoué et dénoncé à la direction de la prison puis à la police, venue m'interroger pour des motifs infondés de harcèlement de tout ordre à l'égard des gardiennes, un vaste réseau de proxénétisme entretenu par les gardiens ? Complot qui visait à nous empêcher, les gardiennes et moi, de vivre au grand jour notre amour ? Parce que je m'étais mis d'accord avec l'un des rares gardiens non corrompus de mettre en place avec lui un système d'échange de femmes incluant mon frère et ma sœur ? Parce que j'avais projeté d'aller vivre d'échangisme avec eux en Argentine, puis aux Baléares ? Mais moi, je me sens bien. Juste exalté ce matin. Sans limites, un type bourré en marche arrière. Pas en raison de ma liberté, mais de ce que je vais aller retrouver. Avec un suivi judiciaire et psychiatrique au train, sans doute. Mais ça ne me freinera pas. Je ne m'y retrouve que dans le désordre, mes hordes. Quatorze ans que j'attends ce jour. Cinq mille cent dix jours que je l'espère. Ma fiancée. N'importe laquelle. Mais ma fiancée. Ma liberté, c'est en elle que je vais la recouvrer. Elle aura mon âge. Quatorze à vingt ans. Fine. Très fine. Je n'ai d'yeux que pour elles, depuis que je suis mort il y a longtemps. On ne refait pas ses obsessions. Mon adolescence ne s'est jamais terminée. Suis en mode stationnaire. Ils me disent que je suis trop vieux pour ça. Bientôt quarante ans. Ils doivent parler de mon père. Je vois plus loin qu'eux. Réponds à leur menace de chute par un mouchoir d'Adam. Une fille. Avec mon sixième sens pour la trouver la fille, je serai au paradis. Je ne vais pas attendre une minute de plus. Je vais aller la chercher. Elle m'attend. Quelque part. Elle m'attend. Comment la retrouver ? J'ai pour champ d'action la nostalgie. Aimer en noir et blanc. Retrouver celle que j'ai perdue un jour. Je ne la connais pas. Mais sais que je l'ai perdue un jour. L'ego de mes souvenirs est à ce point démesuré. Prend tout le poids dans ma vie. Va falloir que j'essaie de les décrypter. Mais les souvenirs ont des volutes doubles. Difficile de les attraper. Ils ne voient pas les balles que l'avenir leur loge. Faudrait abolir leur horloge. Mettre ma main dans mes trous de mémoire. En serai-je capable ? Je manque d'ordre dans ma cervelle pour m'en sortir. Trop de souvenirs qui font la tête à queue.

Natacha Kampusch, j'arrivais du sous-sol. Avais-je la même chance de m'en sortir ? J'y retournerai. En attendant, je m'arrêterai quand j'aurai fait le trou du monde. Ma fiancée, je vais d'abord aller la chercher et nous foutre dedans. Demain, ce sera réglé. Dans la vie, comme en amour, j'ai toujours négligé les préliminaires le psy.

***La passion et la folie ne sont qu'une autre forme du sommeil...* Jouhandeau**

Le sort. Faudrait pouvoir égorger les mauvais coups. Mais j'ai toujours été le guignon de Baudelaire. Une histoire de diable sans doute, qui connaît bien trop ses tables quand il faut rendre des comptes. Il faut payer un jour. Je croyais l'avoir fait. Pas assez. Car comment me conjuguer au futur quand je sors de prison ? Quand mon avenir, je suis passé outre ? Où est d'ailleurs mon bouton reset à l'instant de sortir ? Comment me mettre à jour ? Comment éviter de retomber ? Comment même revenir de loin quand je n'y suis pas allé ? Cette vie n'est qu'une période *décès*. Alors, repartir de zéro même si je sais que c'est impossible ? Commencer, ne pas répéter ? Sentir cette nécessité qui me contraindrait à dire *aujourd'hui* sans que cet aujourd'hui soit installé en fonction de mon passé ? Descendre dans mon solitaire et y rester le temps qu'il faudrait pour l'oublier ? Apprendre à être ce que je sais ? Apulée, progressant depuis le désert, *tout âne* que je suis ? Dernière question : est-ce qu'on souffre plus de ce qu'on n'a pas connu ou de ce qu'on a perdu le psy ? Trop de questions. J'ai glissé d'un règne. Vais transiter de la prison vers la psychiatrie. Vers toi mon psy. L'évadé finit toujours sa course dans un autre trou. Je me suis montré un peu trop pressant, tu m'as dit. Les filles.

Mes vieux démons sur les talons, je ne suis pas vraiment entré dans le nouveau monde sur la pointe des pieds. Le village où j'étais chez mes parents, l'ai laissé en chahut. Deux semaines, j'y ai fait le psy.

Premier jour de liberté, je pars courir. J'aperçois une jeune femme de l'autre côté du trottoir. Elle me regarde. C'est qu'elle veut lier contact. Je vais la trouver. Lui dis *je cours tous les jours. J'ai été champion de l'Essonne. On peut courir ensemble, si tu veux.* Elle rentre chez elle, un peu pressée. Dans l'après-midi, je lui dépose dans sa boîte à lettres une enveloppe avec cent cinquante euros, un CV et le numéro de téléphone de mon frère si elle veut bien me joindre. Comme elle habite la même rue que celle de mes parents, je sors chaque quart d'heure pour la revoir. Je n'aurai pas de nouvelles. Le lendemain, je décide d'entamer une balade, qui sera invariablement la même, dans le village.

M'embouteille dans mon propre labyrinthe. J'aperçois une autre fille, brune, mince, qui sort de la boulangerie. *Bonjour.* Elle répond à mon salut. *Je viens juste d'emménager.* On traverse la rue ensemble, son domicile se trouvant en face de la boulangerie. Elle ouvre la porte. C'est une invitation pour que je revienne. J'ai appris à décrypter chacun de ces signes en prison avec les gardiennes. J'attends sur le trottoir un instant. Après quelques minutes, elle ouvre les volets du premier étage. Elle me demande de repasser plus tard, sans avoir besoin de le formuler. On se comprend. Je suis heureux, une nouvelle histoire va commencer. Je rentre à la maison, excité, raconte tout à mon frère, à mes parents. Ils sont paniqués, me parlent de police, de retour en prison. Que je vais avoir plus de problèmes que de churros dans une fête foraine. Ils ne comprennent rien du tout. Je les rassure. La fille m'a invité. J'y retourne le soir. À vingt-deux heures, je me poste devant chez elle. C'est un petit immeuble où il y a plusieurs locataires. Un peu compliqué. Elle joue avec moi. Veut que je la retrouve mais ne m'a pas donné tous les indices. J'entre dans l'immeuble, me mets à coller l'oreille devant chacune des portes des locataires. Il y en a six. Je monte directement à l'étage, puisqu'elle y avait ouvert les volets. Me positionne devant la première porte. Aucun bruit. Puis, de la musique. Elle a cédé. Sais bien que je l'ai retrouvée. Me dis que j'ai gagné. Suis chançard. Radieux, je dépose une enveloppe sur son palier contenant mille cinq cents euros, la quasi-totalité de mon pécule, mon CV mentionnant que j'ai été champion de l'Essonne en athlétisme, le numéro de téléphone portable de mon frère, le tout accompagné d'un paquet de gâteaux et d'une boisson gazeuse. Le lendemain, repasse devant chez elle à plusieurs reprises. Pas de nouvelles. Je m'impatiente. Ne comprends pas bien son jeu. Je n'en peux plus. Je retourne dans l'immeuble. Pas besoin de coller à nouveau mon oreille contre sa porte. J'ai compris. Il y a du bruit. Un type avec elle. Elle est surveillée. Elle ne peut pas faire ce qu'elle veut. J'en étais sûr. Sinon, elle m'aurait téléphoné depuis hier. Je rentre à la maison. Raconte tout à mon frère, qui s'agite. Il ne comprend pas qu'elle est retenue de force par ce type. Un proxénète. Mon frère n'a pas connu ce que j'ai vu en prison. Il ne peut pas savoir. Moi, je ne sais pas davantage où je vais, mais j'y vais, m'y rends, animé de ma seule nécessité d'aller, de cette seule intransigeance. J'obéis à ma propre vérité, à ses propres possibilités, à ses propres limites aussi que tu penses le psy, mais y vais. Je marche. Je vide l'espace. Au pas ! Je débarrasse la topographie de ses lieux. Ôtez toutes choses, que j'y aperçoive ma femme. Avec ce consentement total à mon propre écrasement, la fatalité de mes pas devenant l'organe de rétribution de mon destin.

Mais j'ai beau marcher, ça n'avance pas. En fuite, même de moi. Suis dehors mais me cogne à tous les murs comme chauves-souris affolées, avec mon petit commerce d'éclipses. Il faut que je la libère cette fille, mais il fait bien noir. Alors, entre-temps, j'accoste une autre fille. Dix-sept ans peut-être. Aux abords de l'école primaire où vont les enfants de ma belle-sœur et mon frère. C'est leur animatrice par ailleurs. Je lui demande une cigarette, qu'elle me tend.

Je viens d'arriver. Je cherche une fille. Tu es célibataire ? Elle répond par l'affirmative. *Si tu veux qu'on soit ensemble, tu n'as qu'à me le dire.* Je l'avais dit à mon frère lors des parloirs, en sortant, je ne perdrai pas de temps comme lui, incapable qu'il avait été de me dégoter l'une de ses étudiantes à la fac comme je le lui demandais. Mais elle, elle ne sait pas. *Tu n'as qu'à réfléchir. Tu me le diras plus tard.* Je ne veux vraiment plus perdre de temps. Je veux être le héros de ma liberté. Je n'en ai pour l'instant que la parole de la frustration. Rien d'ailé dans ma force, malgré ma volonté. Ma liberté se mue chaque fois plus en servitude. Je vais bien finir par en trouver une. En attendant, je retourne voir ma brune. C'est mon cinquième jour de liberté. Me trouve devant chez elle. Arrive un véhicule de fonction. Un type sort, me voit, vient me parler. C'est le type. Celui qui la retient. Il n'est pas beau. Me demande ce que je fais là, si c'est moi qui ai déposé une enveloppe. Je ne nie pas. C'est son petit ami, qu'il affirme. Ils disent tous ça. Le ton monte. Lui assène qu'il n'a pas à se mettre entre elle et moi. *Je vais revenir avec du monde.* Celle qu'il appelle sa petite amie va alors téléphoner à mon frère. J'ignore le contenu de leur conversation, mais mon frère me demande de ne plus aller voir cette fille. Qu'elle a peur. Qu'elle va porter plainte. Je lui explique qu'elle est paniquée parce qu'elle est retenue contre son gré. Il n'y a aucun souci à se faire. Il explose de colère, puis mon père intervient, ma mère, ma sœur qui était venue du Nord pour mon retour, ma belle-sœur. La belle équipe. Ils ne comprennent rien à rien. Je viens de commencer une histoire d'amour et un type veut nous empêcher. Cela ne se passera pas comme en prison. Alors je l'ai menacé, simplement. Comment me comprendre le psy ? Me lire ? Je te vois bien dubitatif. Tu es comme tous les autres finalement. Il te faudrait toute l'école du regard pour me déchiffrer les signes. Je vous affirme une vérité, mais ai bien le sentiment que je parle d'un lieu où la perspective n'est pas étendue pour vous. Réduite à sa plus simple expression. Pas davantage de profondeur. Vous ne me voyez pas. Ne m'entendez pas. Je suis à ras d'homme. Je suis un rat d'homme.

La police commence alors à circuler dans le village. M'interpelle à trois reprises. Intervient chez mon frère, qui vit proche de l'école primaire et maternelle de ses enfants, juste après la sortie des classes, devant les parents d'élèves médusés. Je leur explique la situation. *J'ai des filles à gérer.* Les policiers me relaissent partir, rien à me reprocher, après une fouille au corps et un contrôle d'identité. Dix jours après ma libération, j'aperçois une autre fille près de la librairie au cœur du village. Lui adresse un signe de la tête, elle tourne la sienne. Un signe. C'est sûr, elle me demande de la retrouver. Me laisse un autre indice. Se tient devant une BMW grise. Ce doit être celle de son père, qui la rejoint quelques instants plus tard. Elle me demande de retrouver la voiture. Sont coriaces les filles d'aujourd'hui. Je vais partir à la recherche du véhicule, parcourir en long, en large et en travers le village. Maison après maison. Il me faut plusieurs jours. Je n'aurai pas assez de temps. Quinze jours après la fin de mon incarcération, la police, suite aux premières interpellations, me donne rendez-vous dans ses locaux. Le brigadier chef veut m'aider, a-t-il dit. Il doit me présenter une liste de filles qu'il connaît sur la commune. Je suis impatient. Il n'a pas menti. La fille est bien là. Me pose plein de questions. Timide, ne répond pas aux miennes. Austère, mais bien habillée. Propre. Tout en blanc. Une soirée chez Barclay promise. À la fin, elle dit internement d'office. Sans elle le bal de fin d'année. Le soir, je dois être emmené dans un lieu sûr. À l'hôpital psychiatrique. Je ne suis pas d'accord. Me débats. Ils me passent les menottes le psy. J'ai compris. Ils m'avaient menti. Il n'avait jamais été question de filles. Le Grand Distributeur indifférent des biens et des maux ne m'a pas récompensé à ma juste valeur. Avec le destin, le mérite ne compte pas.

Ça devait être sérieux, car lorsque je suis arrivé, tu m'as mis à l'abri aussitôt le psy. Douze jours d'enfermement, en chambre d'isolement. J'ai eu le droit au traitement des VIP, camisole et points d'acupuncture compris. La médecine chinoise et ses vertus thérapeutiques. Le soulagement. L'immense soulagement des aiguilles plantées dans mon bras, faire taire mon cerveau, m'isoler définitivement de moi. De nouveau seul. Entre ces murs même pas capitonnés. Ça ne servirait à rien, je n'ai plus la force de hurler. Ce qui est bien quand tu es tout seul le psy, c'est que tu commences rapidement à être plusieurs. Dès le lendemain matin, vu qu'ils ont des oreilles, je commence à parler aux murs. Mais leurs voix font plus de bruit qu'un six coups. Répondent plus fort que mes solitudes. Personne pour m'entendre finalement. Me sens salement isolé dans cette chambre, un chrétien d'Orient.

Le médecin que tu es doit croire que j'aime trop la solitude pour lui lâcher les mains. Que je ne te hais pas, mais que je préfère rester parmi les miens. C'est sûrement ce que tu penses pour m'avoir mis là. À prendre bien soin de moi. Quatre doses d'Aldol dans le corps et ses poissons requins, pour bien me nettoyer les parois. Une fois prises, l'impression de danser au-dessus de mon corps, Mayweather en transe. La respiration bloquée, paquet de viande sous vide. Mes insomnies s'empirent, mes ennuis s'enquillent. Chacun son quart d'heure sale. Il repasse toutes les heures dans ma cellule le psy. Tu as décidé de me donner un coup d'Artaud sur la tête. Me faire oublier les filles. Me faire oublier moi. À proportion de tes coups, tu me rentres les désirs dans la peau, me renvoies ces bouts de moi dans le crâne façon Shrapnel, me fous les tripes sur le trottoir en souvenir de White Chapel. Douze jours. Douze jours à attendre. C'est long. Trop long. Et pourquoi douze le psy ? Pensais à Hercule ? Mais tu t'es trompé de calendrier. Au moins avait-il ses travaux pour éventrer son quotidien. Dans ma chambre, à tant de journées répétées, le jour n'est même plus sûr de lui.

À la fin de mes douze jours d'enfermement, Aldol et sa bande organisée en attaché case passent devant le juge des libertés. Je préfère me faire représenter par un officier pharmaceutique parlant le chinois le psy. C'est plus sûr. J'aurai plus de chances de m'en sortir. Ma chimie engage un dialogue déjà rompu avec les autorités en place et bien assises. Le juge explique à Aldol pourquoi je suis là. Avant lui, mon avocat lui signifiait pourquoi je me trouvais en ce lieu. Plus tard, toi le psychiatre lui expliqueras pourquoi j'avais atterri ici. Tous à me parler dans une langue étrangère. Érotomanie surmultipliée. Ordre public. Injonction de soins. Suivi judiciaire. Plaintes. Internement d'office. Et ma chimie aldolienne de me traduire chacune de vos bonnes raisons dans ma langue. À ma chimie, devant le juge, je lui ai murmuré à l'oreille *je veux être libre. Dis-lui, au juge, que je veux retourner chez moi. Que la chambre d'enfermement, vingt-quatre heures sur vingt-quatre, c'est dur le matin, parce que le matin, on a des raisons de se lever. Que je vais parfaitement bien. Qu'ils se trompent. Que ma fiancée m'attend. Que je ne peux pas la laisser s'inquiéter comme ça. Dis-lui. Dis-lui !*

Lorsque ma chimie a traduit dans la langue du juge tout ce que je venais de lui dire, j'ai entendu distinctement un raclement au fond de la gorge, puis le bruit de l'expulsion de chacun de mes mots posés sur le bout de mon nerf lingual aller se coller, non pas sur la veste du juge comme je l'aurais souhaité, mais atterrir sur son bureau, à quelques encablures de sa main. Il n'a pas bronché. L'a essuyé avec un mouchoir en papier. Puis, très tranquillement, s'est remis à lire ses notes. Où vont les mots dans les mouchoirs le psy ?

La magie de la chimie avait opéré. Moi, isolé dans ma langue. J'en devenais le clandestin. Elle ne pouvait pas m'entendre. Ne me voyait pas autrement que cerclé dans mes murs artificiels. Il a continué. *Votre avocat indique que vous voudriez être libre de vos mouvements. Mais savez-vous que l'on vous reproche votre hétéro-criminalité* ? Hétéro ? Il avait raison le psy. Je n'étais pas homo-criminel. Même dans le crime, je n'aimais que les femmes. Je n'avais jamais tué qu'une femme. D'ailleurs, la femme, *comment l'avez-vous tuée ? Dans quelles circonstances ? Expliquez-moi ?* Lui raconter mon histoire. Une nouvelle fois ? Comprendre ma vie ? Lui expliquer quoi ? Faudrait que je me mette à apprendre la langue des signes. Je n'ai jamais su sur quel couteau m'appuyer quand on me pose ce genre de questions. Me reposer sur mon vécu de merde pour lui fournir des explications, ce serait stupide comme faire confiance à mon auriculaire. Mais toi tu en vois toujours des raisons lorsque je te parle, n'est-ce pas, le psy ? Que maltraité, sous-traité serait plus juste, enfant, j'aurais souhaité inconsciemment, adulte, reproduire mes chaînes ? Continuer à me punir ? Ou bien, quand ça ne te suffit pas, tu invoques la pulsion de mort. Tu m'en as déjà parlé de Freud, je connais. Je ne suis pas un névrosé tu m'as dit. J'ai bien retenu la leçon. Lui, il aurait conscience de ses obsessions mais ne serait pas capable d'en arrêter le cours, d'où sa souffrance. Répéterait mécaniquement des choses insensées en le sachant pertinemment pour fuir ses angoisses. Son surmoi, ce kapo de la conscience, dans son extrême rigidité, aurait pris le contrôle de toutes les autres instances psychiques, le *moi*, le *ça*. Il fliquerait en permanence son existence. Non, moi, je ne souffre pas, tu m'as dit. Je n'ai conscience de rien. Je n'ai pas une névrose mais une psychose. Avec cerise sur le gâteau. Évolutive ma psychose. C'est donc le contraire, mon *ça*, ce lieu du diable où s'agiteraient toutes mes pulsions immaîtrisées, aurait vampirisé ma tour de contrôle, *mon surmoi*. Mes désirs seraient sans freins ni limites. Mais toi, me disant cela, as-tu bien pris conscience de ce que tu me racontes là ? Que je ne suis pas tout seul finalement. Que je suis trois personnes à la fois, enfin, qu'il y a trois machins qui structurent ou déstructurent, c'est selon, ma personnalité : un *moi*, un *surmoi*, un *ça* ? Eh ! Ce n'est pas moi qui le dis mais toi ? Mais si c'est vrai, si c'est bien vrai le psy, alors il faudrait que tu multiplies par trois tes efforts ? Et si je suis trois, vraiment trois, qui sera le véritable responsable ? Qui faudrait-il véritablement enfermer ? Parce que c'est ça ta justice, il faut enfermer les coupables, non ? Mais seras-tu capable de le faire ? De désigner le bon ? Non. Tu enfermeras tout ce monde contenu dans ma boîte crânienne. Tu enfermeras une partie de moi qui est innocente. Qui n'a rien fait. Strictement rien. Qui se trouve prise en otage par je ne sais quel hurluberlu dont tu me parles. C'est une injustice à laquelle tu veux me rallier. À quoi bon, donc, te parler. Ta raison est folle. Complètement folle. Pour preuve, tu veux comprendre mon crime quand ce monde, dans sa rationalité même, ne tourne déjà pas rond ? Alors mon crime ? C'est un crime de fou. Tu comprends. C'est-à-dire, je t'explique encore, un crime sans raison. Un crime qui tourne fou dans son principe. Et si tu le comprenais, si tu le comprenais définitivement, tu deviendrais toi-même fou. Laisse-moi donc au moins ça, ma folie, s'il te plaît. Laisse-moi ma part. Laisse-moi me taire. Pas besoin de parler. Tu es d'accord, non ? Parce que tous, à tour de rôle, vous le ferez pour moi, sans que je comprenne bien ce que vous dites. Vos messes basses vont devenir ma piste d'ambiance le psy. Juges, médecins, Service de Probation. Mais tu as été bien gentil avec moi le psy, parce qu'après mes douze jours, tu vas me laisser finalement aller et venir dans les couloirs de ton hôpital psychiatrique. Errer. Avoir ma propre chambre avec camarade de jeu inclus. Y a-t-il des moins cinq étoiles ? J'aurais dû consulter mon guide du routard avant de venir chez toi.

Est-ce que j'ai eu des visites ? Tu le sais bien. Au début de mon enfermement, mes parents sont venus puis simplement mon frère. Trop éprouvant. Ma mère, surtout, n'a pas tenu la distance. Elle a toujours eu trop de poids, mon père l'a sans cesse répété. Et des problèmes de jambes. Ses genoux ont trop longtemps tremblé devant mon paternel. Plus d'os cartilagineux. Alors elle a fini comme moi. À l'hôpital psychiatrique, le psy. Tu te rends compte ? Au début, elle déprimait. Ne se sentait pas bien. Elle n'arrivait plus à aller aux toilettes. Cela durait plusieurs jours. Il a fallu l'emmener aux urgences à diverses reprises, mon frère m'a raconté. Pour la purger. Mais ça recommençait. Les urgences, l'impossibilité d'aller aux toilettes. Elle s'est mise à ne plus se laver, ne plus sortir de chez elle. Le syndrome de Diogène qu'ils ont dit les médecins psychiatres. Elle niait ses organes pour s'enfermer en elle à double tours et se suicider tranquillement. Elle devenait une tombe vivante. Avant son internement d'office, elle ne restait plus qu'en robe de chambre. Touchait en permanence son ventre, se passait la langue sur les lèvres, dansait et chantait parfois en soulevant sa robe, se dénudant. Une petite fille ignorant encore tout de la pudeur. Elle devenait folle. Mon père et mon frère ne savaient plus comment s'occuper d'elle. Ma sœur, dans le Nord, a voulu prendre le relais. Ma mère refusait de s'y rendre. Il paraît, mon père lui a mis la tête sous l'eau un matin pour la calmer puis l'a poussée violemment dans la voiture pour l'y conduire. Arrivés sur une aire de repos, ma mère est sortie de la voiture et a pris la fuite le long de l'autoroute tandis que mon père était en train de faire le plein de la voiture. En robe de chambre, elle n'est pas allée bien loin. Mon père l'a rattrapée, remise avec autorité dans la voiture. Dans le Nord, ils n'ont pas davantage résisté. L'internement d'office a été décidé. Comme le fils, la mère a cassé sa boule de cristal, là où l'on se reconnaît encore lorsqu'il reste assez de force pour croire en ses assises. Elle ressortira trois mois plus tard de l'hôpital psychiatrique.

Comment ? Que tu dis ? Tu commences à te demander si ma folie n'aurait pas une part d'ordre génétique ? Après les conditions sociales et déséducatives favorables, les gênes maintenant comme terrain propice au crime ? Je n'avais vraiment aucune chance de m'en sortir ! Décidément, tu ne t'arrêteras jamais le psychiatre. Les autoroutes de la pensée. En continu et accéléré. La mère folledingue. Le fils et même tous les autres d'ailleurs. Une lignée de dégénérés. Ça te simplifierait la vie. Mais non, c'est beaucoup trop simple. Parce que ça fait beaucoup à la fin : l'enfance difficile, l'école et le collège dans la continuité, la banlieue, sa violence, la mienne, et tant d'autres choses encore. Tu voudrais lisser mon histoire. La désencombrer de ses bruits périphériques. De tout ce qui n'entre pas dans ton scénario. Bien sûr, dans ton récit, tout se tient. Mais debout comme un mort. Tu ne veux pas de ma complexité. Ton histoire, parce que ce n'est pas la mienne, mais la tienne d'histoire, ton histoire, donc, elle vise seulement à rassurer en assurant la cohésion et la désambiguïsation de l'information que tu veux transmettre à tout prix : moi, pris dans mon crime. Ton histoire veut faire vrai, plus vrai que nature : réaliste. Mon crime s'expliquerait de bout en bout. Je t'écoute depuis le départ. Ton récit est obsédé par la transitivité de ce message. Tu m'écoutes mais simplement pour créer une homogénéité spatiale, temporelle et logique à partir du désordre qui était le mien. En t'écoutant, les autres psychiatres, les juges, la société, ne seront jamais déçus. Tout s'expliquerait. Dans ton histoire, plus je parle, plus la prévisibilité des signes de ma folie s'élève quand l'informativité tombe.

À la narration galopante et sans surprise de ma vie, parce que constituée uniquement à partir d'un matériau violent, s'ajoute dans ton récit un procès qualificatif tout aussi stéréotypé, destiné à donner l'illusion d'une description réelle de mon existence. À t'entendre, tout ferait sens en direction de mon seul crime. Mais je te le dis, il n'y a pas de complicité première. Ma vie, comme la tienne, est due à des événements de hasard. Mon crime ne dérive pas d'une origine, mais s'est formée par épigénèse, par additions et modifications, et non d'après une préformation, comme tu voudrais le faire croire. Mon crime n'a pas connu de croissance naturelle comme les plantes, n'a pas développé ce qui aurait préexisté dans un germe, mais s'est constitué au fil du temps par degrés imprévisibles, bifurcations, accidents, rencontres avec d'autres séries de hasards, vers un aboutissement non moins imprévu. Cette causalité criminelle est sans « *premier moteur* ». Dans ma vie, comme la tienne, tout agit sur tout, tout réagit contre tout. Pourquoi voudrais-tu que cela soit différent pour moi ? Il n'y a pas d'origine des choses, comme dit Merleau-Ponty, seulement des entrelacs. Conséquence de ces discontinuités, les questions que tu poses sur ma vie devraient différer autant, d'une époque à l'autre, que les réponses qui y sont données. Aux questions différentes devraient répondre des discours différents. Mais toi, tu n'en as qu'un seul de discours. Mon crime.

Je ne t'en veux pas. Je sais bien qu'on te paie pour cela. Tu fais le boulot. Mais je vois bien à ta manière de t'agiter sur ta chaise que tu ne m'écoutes pas. Que je ne te convaincs pas. Tu continues sur ta lancée. Imperturbablement. Et le père, tu dis ? Quoi le père ? Où ? Comment ? Pourquoi je n'en parle jamais ? Parle-t-on des absents ? J'exagère ? Tu as raison. Mon père, c'est un outil, du genre marteau. Dans tous les sens du terme le psy. Et un outil, on n'en parle pas. On le range. Quoi ? Est-ce que c'est utile un outil ? Pour sûr, tout ce qui dépasse, à frapper en tous sens et de travers, comme s'il avait perdu son manche. C'est à peu près tout. Mais il est pourtant revenu du Portugal ? C'est vrai. Tu as raison. C'est drôle d'ailleurs ce retour, il ne s'est occupé de personne quand on était enfant. Ironie de l'histoire, il est contraint de le faire maintenant que je suis devenu adulte. Mais c'est bien difficile de faire l'éducation d'un adulte. Le cerveau est déjà fichu. Et puis, disons qu'il n'a pas très envie. Il a des projets mon père, qu'il répète. Et personne, pas même moi, l'empêchera d'aller vivre au Portugal, au bord de la mer, s'acheter un bateau. Pour enfin apprendre à nager, sans doute. Et il crie le père. Doit penser à sa reconversion. Marchand de poissons. *Arrête d'aller voir les filles. Je te jure* qu'il fait, lui qui ne croit qu'en son seul porte-monnaie, *si tu continues tes conneries, je repars au Portugal et je te laisse crever sous un pont,* qu'il répète en permanence. Mon père ne croit pas que je sois malade. Mon père ne croit pas en toi le psy. Des bêtises pour lui. Une seule certitude, je ne comprends rien à rien, qu'il répète soir et matin. L'abruti, qu'il m'appelle. Il se plante devant moi et hurle. *Abruti, abruti, abruti.* Et moi, nerveusement, qui le fixe droit dans les yeux, à faire des petits pas sur place. Ce stress qui monte. À essayer de prendre mon élan, pour m'enfuir enfin dans ses yeux, les crever depuis l'intérieur, ne plus m'y voir comme dans la main de la destinée.

Ah ! Ça y est, tu retrouves tes esprits le psychiatre. Tel père, tel fils ? Mon père, des crimes, c'est vrai, il aurait pu peut-être en commettre au hasard de sa bêtise. Des bagarres qui finissent mal, comme le soir d'une partie de cartes dont personne ne s'accorde sur le sort. Et ça finit dans la vitre du bar, qui se brise. Police, garde à vue avec mon frère qui l'accompagnait ce jour-là. Ma mère qui vient le chercher au commissariat. Ça aurait pu, le type à l'hôpital, multiplement contusionné. Ça aurait pu et je t'épargne la longue liste des ennuis auxquels mon père a toujours fini par réchapper. C'est donc moi qui l'aurais abouti mon père, le psychiatre ? Je serais son supplément ? Son appendice ? La fine pointe de son crime inabouti ? Alors, il faudrait que tu l'arrêtes aussi mon complice. Pourquoi ne le fais-tu pas ? Pourquoi n'arrêtes-tu pas, d'ailleurs, tous les autres, mon enfance, le collège, le lycée, l'armée, la banlieue, le rap, ma mère et la société entière ? Parce que tu n'en es pas certain. C'est plus difficile que cela. J'avais ma part de liberté, qu'ils ont dit le jour du procès. Responsable de mes actes. Mais, à bien y réfléchir, toi qui cherches sans cesse des causes, le responsable, le vrai responsable, c'est lui, mon père, non ? celui dont je ne parle jamais ou si peu. Mais non, tu le sais bien, toi dont c'est le métier. La psychose, un jour elle est là et toi tu ne sais pas bien pourquoi. L'éducation, les gênes ? Tu ne sais pas. Deviendrais-tu prudent à l'instant de désigner les véritables coupables ? Rendrais-tu enfin mon crime à l'ineffable ? Mais le pourras-tu le psy, car, disant cela, tu ne rassurerais personne, n'est-ce pas ? Tu inquiéterais le bourgeois qui sommeille en chacun bien au contraire. Tu enverrais le mauvais signal. Tout le monde pourrait devenir un jour criminel. Alors, non, il te faut donner des raisons. Éviter la panique. Tranquilliser les consciences. Le crime, c'est l'autre, c'est le fou, ce sont les enfances difficiles, les types à problèmes. Le crime, ce n'est pas vous. C'est lui. Regardez, j'en ai dressé le portrait robot. Le tueur. Regardez ses yeux sombres. Voyez comme il est laid. Comme il est vil. Comme il est crime. Mais figurer l'indicible, l'affleurement des choses, le psy ? Dire : *Mesdames et Messieurs, désolé, c'est bien plus compliqué que cela…*, non, tu ne le peux pas. Car où trouver pour désigner ce qui est insaisissable ? Le crime dans son jaillissement. Tu ne pourrais l'approcher qu'à l'aide de mots vagabonds, autant dire des mots inutiles pour créer ce que tu fais au quotidien, de la norme. Je le sais bien, j'espère dans le vide. Tu ne t'accommoderas jamais de cette fragilité extrême, de cet état d'insécurité permanent : tu as besoin de te reposer sur des significations préétablies, des contenus appesantis, une métaphysique dure : des faits, un crime. Tu tiens trop encore aux concepts sécurisants pour me rejoindre tout à fait, qui proposent des déterminations stables et univoques, aptes à fixer les nuances passagères et capricieuses. Tout chez toi, dans ton discours, tend vers l'existence sédentaire. À l'embourgeoisement. Ce que je suis, pourtant, ne laisse aucune place aux triturations et aux ruminations de ton raisonnement trop occupé à mâchonner ses concepts. Mais, ce que je suis comme mon crime, tu ne te résous pas à le réduire à un pur surgissement sans dimensions, qui ne serait plus que le fait même de surgir. *« Ce que je suis, je ne le sais pas encore ; ce que je sais je ne le suis plus »*, écrit Silésius dans un des premiers distiques de son *Pèlerin chérubinique.* Ce que je suis je ne le sais pas, je ne peux donc en parler ; ce que je sais, j'ai cessé de l'être, je ne peux donc pas davantage le connaître en sa flagrante vérité. Tout ce que j'ai à te proposer le psy depuis le début est évanescent, douteux, fragile, si bien que ce que je suis est aussi fuyant que mon propre message. Tout l'inverse de ton discours de géomètre qui n'est friand que de détails biographiques, d'anecdotes plus ou moins piquantes, de potins que je t'ai servis parce que je voyais combien tu en avais besoin. Ta curiosité est pointilliste. Elle est à l'écoute du sensationnel et compose une chronique de mon existence criblée de notules : elle court le fait divers. Relis tout ce qui précède, bon sang ! Tu ne vaux pas mieux que toute la presse *people* réunie. Mais, en es-tu bien conscient le psy ?, ton récit fonde dans le même temps une connaissance superficielle et dérisoire de ce que je suis vraiment. Ce n'est plus la psychiatrie qui parle en toi, à moins que ce soit la même chose, mais le détective et le lieutenant de police qui ont affaire à des suspects ou des innocents, qui accumulent à leur sujet les renseignements avec une curiosité inquisitrice. Tu tries, ranges et détailles, classes les événements de mon existence à la manière d'un collectionneur qui étiquette des échantillons dans une série abstraite ou un genre impersonnel, jamais indifférent aux menus détails et aux particularités matérielles. Tu méconnais la réalité vivante et complexe de ce que je suis, qu'il faut sans cesse pétrir, que tu voudrais rendre toujours plus obéissante, et qui reste désobéissante infiniment. Tu t'obstines à faire l'ange en simplifiant la situation de l'être amphibie et ambigu que je suis, retenu dans la zone mixte de l'existence. Parce que les problèmes à résoudre, qui sont les miens, se posent au niveau de la mitoyenneté qui est celle de mon intermédiarité : zone des mixtes, du concret, de l'approximation et des alliages impurs, qui n'est pas aseptisée, tout l'inverse de la quête identitaire dans laquelle tu te traînes. Mais c'est le décousu miséreux et le sporadisme qui me font et m'obligent à endosser la tunique déchirée de la contradiction. *Hélas !* c'est le diminutif de ma vie, deux syllabes qui ne sont pas un mot mais un soupir, l'interjection où se formule l'insoluble misère de *l'homme sans qualités* que je suis en même temps que sa sage renonciation à aplatir comme tu le fais mon existence. Car c'est ce que tu fais en permanence le psy. Tu sélectionnes les caractères qui t'intéressent chez moi, incapable d'adopter tout entière ma vie, par une élection massive et indivise. Oui, à l'élection tu opposes la sélection. Tu n'es qu'un thésauriseur. Tout chez toi a l'apparence de la chambre forte où l'avare que tu es garde son avoir et le thésauriseur son trésor. Tu ne désires que cela : aller au fond des choses. Découvrir les souvenirs perdus, ces heures cruciales. Ce que je ne dis pas. Ce que j'ai enfoui en moi. Mais tu te trompes : mon mystère n'est pas le chiffre de ton coffre-fort. Ce que je suis, comme n'importe qui d'autre, est aérien, qui s'évapore comme Ondine en gouttelettes sur la vitre aussitôt qu'on voudrait le saisir. Mais si je ne t'avais offert que cela depuis le départ, tu m'aurais reproché de ne t'apporter aucune assurance ni aucun véritable espoir, donc de ne te dévoiler aucun secret, et sur le voyage et sur la destination. Alors, je t'ai laissé ces miettes sur la table : l'enfance, l'adolescence, et tout le reste, parce que je te sentais bien désemparé sinon. Pourtant, des contre-preuves, j'aurais pu t'en apporter aussi le psy. Te dire que j'ai toujours été délicat, prévenant, doux. Te faire venir le voisin qui aurait déclaré combien j'étais sympathique, à toujours dire bonjour, qu'on se serait jamais douté et tout le baratin habituel. J'aurais pu. Je m'en suis abstenu. C'était inutile. Ça n'entrait pas dans ton tableau. Et puis, je n'avais pas envie de me défendre. Alors, je te le répète depuis le début de notre entretien, à quoi bon continuer cette mascarade ? Mais tu ne réponds pas. Tu ne réponds toujours pas. Tu bottes en touche. Tiens, tu le mérites bien, je te laisse avec mon père. Lui aussi, il en a cogné plus d'un des coins.

Tu essaies de reprendre la main ? Comment je me sens avec les autres depuis mon arrivée ? Tu veux vraiment que je revienne à ton hôpital ? Je vais te dire, ça ne m'ennuie pas de répondre à ta question, mais pour lier contact, c'est difficile. Le problème, dans ton hôpital, c'est qu'il n'y a pas d'odeur. Rien. On ne sent rien ni personne. Pas même celle de la mort qui vient. La putréfaction des corps. L'acidité mêlée à la puanteur. Mais ici, non. Pas même l'odeur de la mort. Le propre. Le nettoyé. Le javellisé partout. L'absence de toute forme de vie et donc de mort. Le néant partout. Comment voudrais-tu donc que je puisse lier contact avec qui que ce soit ? Mais bon, j'ai quand même essayé le psy. Ici, je vais me faire de nouveaux compagnons, c'est vrai. Mais, tu le sais bien, en guise de filles, me retrouve plutôt sur le front. 14/18. Que des gueules cassées. Leurs corps, des romans indéchiffrables. Je voudrais décrire. Je n'y vois rien. Un monde raturé d'une seule couleur. Du blanc partout, même sur leurs bleus noirs. Un mouroir. Des journées entières à déambuler. Je sympathise avec les réguliers, plus difficile avec les gens du voyage. Passent seulement quelques jours, une semaine. Trop précaires. Pas assez sérieux pour faire partie du sérail. Des touristes de la dépression.

Parmi les habitués, Nadine. La cinquantaine affirmée. Régulièrement internée. Avec dix vies, elle aurait peut-être pu viser le divin. Finalement, elle a des idées fixes à délivrer sur un divan. Vit en ruine comme dix empires. Voyage comme elle peut. Rêve moins mais mieux. En langage psychiatrique, plus du tout. Elle a le cerveau empêché. La mémoire d'un poisson rouge. Des journées entières à ressasser la même histoire. À ce point, qu'à la fin de la journée, après l'avoir tant écoutée, je ne sais plus très bien qui de ces souvenirs sont les siens, sont les miens.

Bachir le Jedi. Petit de taille, mais la force de Yoda dans le regard. *Je te coupe la tête avec mon sabre laser*, qu'il répète chaque fois qu'il croise quelqu'un. Je n'ose pas le contredire. Ils m'ont retiré mon couteau en entrant. Et puis, Bachir il est trop loin. On ne peut pas faire la guerre aux étoiles.

Francis a le moral à quatre pennies. Le dos complètement voûté. Quand il marche, son corps forme un angle droit. Donne l'impression d'entrer en terre. C'est le plus vieux. Peut-être est-ce pour ça que personne ne l'a jamais entendu parler. Il aurait trop de choses à dire. Lui reste à baver sa vie. Escargoter ses souvenirs.

Rachid, fan du PSG. Sans doute parce qu'on lui interdit de se rendre au Parc, passe son temps à se passer à tabac. Se cogne dessus. Pas d'adversaire à sa mesure. Comme il a le poing facile, sa vie, même après plusieurs liftings, ressemble à la tête de Sheila. Les supporters, c'est dangereux.

Mohamed, le romantique. Parle de sa femme en permanence. Nous montre cent fois sa photographie. Elle est belle. Il doit la retrouver. D'ailleurs, elle doit venir le voir aujourd'hui. Un jour, c'était il y a longtemps, il l'a tuée. Il a oublié. Je lui ai fait un nœud, avec un bout de tissu, fixé sur l'index, pour qu'il s'en souvienne. J'espère que ça marchera, parce que c'est difficile d'attendre quelqu'un qui est toujours en retard.

Dans la catégorie démembré, John, dix-huit ans, s'est ouvert à l'aide d'un couteau la poitrine, du bas ventre jusqu'à hauteur de la cage thoracique. Il voulait se retrancher le cœur disent les infirmiers. Moi, je crois plutôt qu'il tentait une réanimation de l'intérieur.

Adam, un colosse, s'est coupé le sexe. Un jour, en allant aux toilettes, il a baissé son pantalon. Et on a vu qu'il n'y avait rien à voir. Rachid lui a demandé s'il savait où il l'avait mis. Ça l'a rassuré, il l'avait mangé. C'était en lieu sûr. Peut-être qu'il attend le jour de son mariage pour le remettre à sa place.

Javier à dû apprendre à se faire des auto-courte échelles. Sans le mode d'emploi. Les Pyrénées sur la tête et des cicatrices un peu partout sur le corps. La bosse du pied gauche, qui ne porte pas bonheur. Avec sa fossette, on dirait qu'il a un troisième œil sur le menton, qui s'avance comme un cap. Et quand il parle, on voit qu'il a avalé une bonne partie de ses dents. Il est peut-être mal retombé un jour. Un infirmier m'a dit qu'il se les était arrachées. Il voulait devenir végétarien. Arrêter de se manger les membres.

Rosalie, apeurée comme une fille de joie au milieu d'un conclave. Elle est convaincue que tout le monde en veut à son corps comme à celui de sa fille. Ça doit faire mal. Parce qu'elle hurle. Pendant de longues minutes, elle hurle. L'avantage d'un hurlement, c'est qu'on le comprend dans toutes les langues. Même Francis, qui ne parle jamais, ça il l'entend. Elle fait peur Rosalie quand elle est prise de conscience.

Il y en a tellement d'autres. *Freaks* ? Le *Barnum* est dans la tête de chacun. Avec cette compagnie sans nom, le psy, mais ça aussi tu ne le découvres pas, on se retrouve, sans exception, trente fois, quarante fois le jour, dans la promenade. Notre territoire. L'occupation dans les lieux, la seule ? Fumer. À l'hôpital, il n'y a plus de sujet, plus d'histoire, simplement des gens et leurs rapports. Et le rapport c'est chacun qui tente d'allumer sa cigarette au porte-briquet que vous avez soudé au mur, parce qu'on n'a pas le droit d'avoir le sien. Chacun rivé au briquet pour espérer voir l'étincelle. Une seule fois au moins, avant de s'éteindre au ciel. Y aura-t-il un espace disponible pour nous ? Bachir, qui s'y connaît en amour, dit que le paradis est select. Plein de videurs aux portes du céleste. Si ça ne marche pas, qu'on nous laisse au moins une place au sous-sol. Pour y être bien à « *dormir au chaud de la terre* », comme le chante si bien Barbara. Au-dessus de nos têtes, même retournée, la terre y a plein de couleurs. Les cimetières sont bien les endroits les plus fleuris. Normal, on n'y rencontre que des philanthropes. Rien que des donneurs.

En attendant, plus je nous regarde, plus je me dis que le soleil n'a pas dû beaucoup briller sur nos têtes. Même à fumer nos cigarettes, on paraît tous éteints. Il faudrait sans doute que chacun d'entre nous accepte la complexité de ses incohérences. Nous reste-t-il assez de temps pour ce genre de questionnement le psy ? Même si on vivait encore cent ans, manque la conscience, la petite lumière dedans. J'ai appris une chose ici. Je les aime tous, comme je peux, mais à fréquenter mes nouveaux amis, j'en suis sûr maintenant, l'Homme ne descend pas du sage.

Tous les jours, entre nos promenades, la même rengaine. Passage chez toi le médecin chef. Ton savoir dont tu te sers comme d'une arme d'instruction massive. Qui me détruit. Avec ta gueule homélique, toujours à discourir. Et tes lunettes. Ah ! tes lunettes. Quand Clark Kent ôte les siennes, il a un fichu charisme. Quand tu retires les tiennes, tu n'as qu'un strabisme. Si une fille te regarde dans les yeux, ça ne peut être que ton opticienne. Vas-y, interroge le bigleux ! Mais quitte à partir, fais-moi au moins mourir de rire. Tu n'en es pas capable avec tes questions pour un bidon. Tu m'agaces. Me cherche pas midi à quatorze heures, tu y perdrais ta pause repas. Je me tais la plupart du temps, parce que je ne comprends pas ce que tu me reproches. Tu me fais perdre mon temps. Je n'ai pas de problèmes. J'en suis un. Je voudrais te le dire, ce que l'on ne comprend pas, l'accepter, c'est vivre mieux, même dans nos contre-pas. Mais depuis trop longtemps j'ai perdu le fil de mon histoire. J'ai dû sauter une ligne. Et tous qui m'en voulez. Quant à toi, lorsque je suis en ta présence, je ne suis jamais en sécurité. À me sentir toujours plus exposé qu'un Mexicain sans chapeau. Je te parais à ce point visible. Tout semble tellement évident à t'entendre. Tu me livres une version de moi-même comme une grille promenée sur un document chiffré. Lisible. Qui veut m'empêcher, qui veut m'entraver. Va t'en falloir des efforts pour me guérir des filles. Mais tu as ta potion magique. Avaler tes pilules. Tu te prends pour Morpheus. Veux me sortir de mon linceul pour le foutre au sale. Tu es tellement prévisible comme le mal. Voudrais me prescrire le bonheur en rose et bleu. Mais j'ai deux yeux de trop. J'ai perdu l'ordonnance le psy. Je ne manque pas de repères. J'en ai trop. Pas lu Sartre, mais sais ce qui me fout *la nausée*. Ta foutue chimie. Tu veux en faire mon copain de chambrée, celui avec qui je partagerai le pain. Corps du Christ. Je m'y laisse engloutir, avalant l'hostie. M'y désincarne. Mon monde devient mental. Sous l'effet de tes médicaments, parce que j'étais malade de mon énergie, tu vas finir par obtenir gain de cause après quelque temps à l'hôpital.

Je l'ai constaté un jour en entrant dans ma chambre. Tu m'avais substitué à mon double. M'avais remplacé. Entre tes mains, je suis devenu un *pod*, cette sorte de *Body snatchers* qui prend la place des êtres humains dans des cosses. J'avais vu ça dans un vieux film américain en noir et blanc il y a bien longtemps. Tu ne me croiras pas, mais il s'est passé la même chose ici. La substitution de mon corps a eu lieu dans ton hôpital, sous tes ordres. Elle s'est soldée par une liquidation. Moi *pod,* homme privé de son énergie. Renvoyé à un état purement végétatif. Atone. N'obéissant qu'à une série de réflexes, de routines plutôt. Mû par l'unique instinct de survie. Suis devenu l'homme dénué de passions. Agi par un programme neuroleptique. Le petit-fils du zombie.

La vie est belle depuis, je te rassure. À l'hôpital, chaque jour, rebelote, on joue à 1, 2, 3 sommeil. Je saigne, je sème, je rêve et je l'avale cul-sec. Avec un calmant. Même l'air que je respire chez toi est hypocondriaque. Tout est malade. Avec tes médicaments, tu m'as fait passer du sur-régime au sous-régime. Mais rien n'a changé le psy. Que je sois au-dessus ou en-dessous, il s'agit toujours de la même situation dispersive de mon énergie. La seule différence, tout se passe dorénavant en cause continuelle d'allers-retours. Dans un mouvement sans but. À ras-de-terre, dans un ballet d'essuie-glace. Les mêmes choses et mouvements, indéfiniment, aux mêmes heures. Tu as défait l'espace et mon intrigue. Empêché mon sort. Biffé mon moteur. M'as placé en situation d'inaction permanente, qui crée sans doute du mouvement, mais à perte. Installé dans le monde de la conscience du temps qui passe. Moi amputé de ma part motrice, projeté dans un univers purement sonore et optique. Les conséquences ? Ma vie y a perdu sa continuité. Le règne des ruptures insensées advenu. Le montage défait, il n'y a plus que du plat dans ma vie. De l'horizontalité. Le temps qui passe, mais sans aucune aiguille qui en laisse la trace.

Dans ton espace claustrophobique, se joue un dilemme énergétique, le mien. Antagonisme entre mon énergie en quête de conversion libre et ta force médicale tendant, au contraire, à la canaliser voire à l'éradiquer. Mon énergie dans laquelle circulent massivement et à jets continus mes liquides humoraux. Mais tu n'y peux rien le psy. Mon dérèglement est anarchique. Un affect qui n'a pas trouvé d'objet à sa mesure, qu'il s'agisse du sport, de l'art ou bien encore des femmes, son devenir est la folie. Elle sera toujours là. Jusqu'à la fin, ma folie. Toi-même tu le dis. *La folie, c'est vivre hors de soi,* écrit Érasme à son ami Thomas More. Moi, je suis ton oie. Tu me la fais rentrer dedans ma folie. M'en gaves. Tes médicaments ne me soignent pas. Ils la calfeutrent en moi. Une IVG à l'envers. Ne l'expulsent pas. La confinent en boîte. Ils me conservent fou. Avec toutes ses bizarreries, ses étrangetés du quotidien. Sa raideur. Son inexpression et la peur qu'il inspire. Le cliché du fou, entre tes soins, je le deviens. Le cliché, contrairement à ce que l'on pense, ne ment donc pas le psy. Le cliché fait davantage un travail sournois. Il reconfigure en permanence la réalité. Je suis le fou que ton lecteur imagine. Pas avec un égouttoir sur la tête. Pas besoin d'accessoire. Comme je m'imagine encore avoir les cheveux d'il y a longtemps, les lève devant et sur les côtés avec du gel, rase l'arrière comme les tempes en dégradé. Comme avant, quand j'étais beau et que j'avais quinze ans. En oubliant depuis que la calvitie m'a frappé par l'arrière. Un moine mi-videur mi-surfeur, habillé en été en short de plage et grosses chaussures de sécurité. Je crois plaire. Les filles se moquent.

Médiqué en fou, je ne suis pourtant pas l'illusion, le double, la copie, la farce, la parodie de moi-même. Je deviens le produit de ton système hospitalier qui ne s'échange qu'en lui-même, dans un circuit ininterrompu dont ni la référence ni la circonférence ne sont quelque part. Fou, je ne peux être qu'un fou pour toi. Pas autre chose. Pas d'autre alternative possible comme dans le regard des autres. Tout fait sens en cette seule direction. Depuis le personnel médical jusqu'à l'allure des bâtiments, monstres froids, vous me clouez chacun au pilori. Nulle échappatoire. Les murs des prisons sont devenus de hauts grillages barbelés. Pourquoi tant de précautions le psy ? À coups de bâton médicamenteux, tu m'as rigidifié les membres. Tes médicaments, c'est la mort instillée. Un bois sec et cassable en guise d'os. Je me sens stérile. À l'étroit. Occupant tout l'espace. Rien ne peut plus entrer. Pas même moi. Ma seule liberté, construire ma propre geôle, que tu me laisses tranquille dans ma propre tôle.

Tes médicaments. Ces voleurs de corps ont pris possession de moi. Non pas que je sois devenu un redoublement, une contrefaçon, qui serait une manière de regarder encore vers le passé, vers une nature donnée. Comme si j'avais un jour vraiment existé. Comme si j'avais été quelqu'un. Je ne me suis pas interrompu entre tes mains. Non, ton travail est bien plus subtil le psychiatre. Au contraire, j'y suis devenu celui que j'étais pour toi. Un humain de paille. Alors, en attendant de cramer, me reste pour seule possibilité d'aller et venir dans les poumons du temps, tes couloirs d'hôpital qui n'en finissent pas.

Dans cet asile, je comprends que tout ce qui a eu lieu, chaque événement produit dans ma vie, a été précédé par mon modèle de fou, celui que tu théorises, algébrises, syntaxises depuis le début de notre entretien. Tout, dans ma vie, selon toi, a fait sens, depuis le jour de ma naissance jusqu'au jour où j'ai commis l'irréparable. Dans ton scénario, aucune respiration possible. Tout fait flèche. Tout rapplique au même endroit. J'ai compris, également lors de mon procès le psy, que la précession de mon modèle était partout. La réalité, ma réalité, n'avait jamais existé. Non pas que les choses aient disparu matériellement. Ma réalité a disparu dans la mesure où cette réalité-là — la prison, l'hôpital, le meurtre, la maladie — avait déjà été prévue. Elle avait déjà eu lieu. Été mise en scène primitivement. Dans vos discours. Lorsque cette réalité est arrivée, elle n'a fait que réaliser un imaginaire qui avait déjà été fondé. Je suis devenu un proto-simulacre, dans une hallucinante ressemblance de moi à lui-même. Votre idéal clone. Moi expurgé de son autre. De sa division. Voué à la métastase de lui-même. À la pure répétition. Ce n'est plus l'enfer des autres ici le psy. C'est l'enfer du même.

Mais, au vrai, à bien t'écouter, rien n'explique ma folie,

n'est-ce pas ? Mon enfance, des prédispositions génétiques, tu n'en sais rien et tu me l'as déjà dit. La vérité ? Je me suis fait self madman, oui tout seul, comme un grand. Suis en split-screen permanent. Un maboul à facettes. En clash avec moi-même, j'en veux à mes yeux d'être si nombreux. Avec l'œil de la mouche. Kaléidoscopique. Vois le monde sous l'angle cubiste. En même temps, tout et son contraire. La gueule floutée. Mal au crâne, à force de bris de glace. Pas la tête à faire la fête. La tête à passer par la fenêtre. Livre de mon univers et de ses enjeux une image atomisée, jusqu'à l'illisible. Mon nom, mon visage, mes empreintes, n'ont plus d'importance. D'ailleurs, le psy, même en dehors de ton hôpital, on ne me demande plus que mon code et mes mots de passe. Monde qui ne saisit plus que mon double analogique, ma réplique, sa cosse. Je ne suis plus un nom, mais après avoir été un numéro d'écrou, je suis devenu enfin quelque chose à l'hôpital : une maladie, une version de la folie codée. Mais qu'attends-tu donc pour aller chercher ma tête, que je la remette !

À l'hôpital, plus aucune projection n'est possible. L'avenir s'y mange les membres. Tout est transparent et opaque. Il n'y a plus d'individus, que des maladies sur pattes. Et toi, le psy. Acarien visible, monstrueux et nécessaire à la fois, qui justifie ton emploi. Me soigner. Mais ce que tu me montres n'est donc pas tout à fait ce qui est et ce qui est n'est pas tout à fait ce que tu me montres. Une conflagration permanente des pôles a lieu. Une indifférenciation totale entre l'avant et l'après, entre l'original et la copie, le bien, le mal… Il n'y a plus de place déterminée et identifiable de discours pour penser notre monde dans ton hôpital. Plus aucun rapport dialectique n'y est possible : soi contre l'autre. C'est la prolifération du même. Tous en blanc. L'enfumade permanente. Aucune issue possible, il n'y a plus d'autre couleur que ce blanc chronique. Pas de contraste. Ton sur ton. On n'y voit plus rien. Ce blanc. Vous vous ressemblez tous, que des bandes de mariachis, dont on ne perçoit même plus les couleurs à force de similitude. Ce blanc que vous vénérez. Croyez en sa pureté. Ce blanc de la mémoire qui flanche. Mes souvenirs que vous voudriez effacer. Ce blanc de la camisole, blanc de la neige comme un linceul que vous glorifiez. C'est votre Dieu le psy, mais tu oublies que le blanc personnifie aussi la mort. Alors moi, je porte des couleurs. Au quotidien. Des couleurs de toutes les couleurs. Mes vêtements en forme de porte-drapeau. Ma résistance. *Over the rainbow*. Mais ça ne sert à rien. Même le récalcitrant que je suis t'est utile, fait tourner cette machine à vide. M'opposer est déjà intégré à ton scénario. Plus aucun contre-système n'est possible. On n'échappe pas au formatage. On n'échappe pas aux dents du vampire.

Ton système, ce n'est pas une vague conspiration d'enfarinés. Ce qui fait système chez toi, c'est le sentiment de me délivrer du mal. De nettoyer à sec mon sort. Pour mon salut. Mais faire le bien est une pourriture. Faire le bien est le pire des expédients. Faire le bien s'autorise de toutes les formes de compromission. Faire le bien justifie l'injustifiable. Ta bonté consiste à me délaver, me rendre linge, aussi blafard que toi. Que je devienne parfaitement amnésique. Tu n'as qu'un souhait, au fond, que je demeure anonyme comme l'atome. N'être plus qu'un interlude. « *Être c'est être perçu* » Berkeley ? Voir c'est bien « *tirer l'Être de l'effondrement* » Sartre ? Ça, je l'ai lu et bien lu en prison le psy, dans ce petit bouquin que mon frère m'avait refilé lors d'un parloir. Tu m'as placé ici précisément pour ne plus me voir, que moi-même je ne puisse plus m'apercevoir. Me perdre au centre de mes vingt Bermudes. À réfléchir à la façon dont je ne ferai rien de ma vie. Tes médicaments, c'est l'anneau de Gygès que tu me fais porter au doigt, qui a le pouvoir de me rendre invisible. Pour me transporter dans ce film de Samuel Beckett, sans autre titre que *Film*, où se joue ce tiraillement entre visible et invisible. Moi, comme cet homme, qui ne supporte plus d'être vu par ses contemporains, se barricade chez lui. Supprime tous les accessoires et traces de vie susceptibles de lui renvoyer une image de lui-même (miroir, fenêtre, animaux, photos). Sa question devient ta question : comment rendre un individu imperceptible ? Dans ton hôpital, en refusant que je puisse continuer à percevoir mon corps comme ses envies, tu as fini par me changer en pure idée et me faire sombrer dans un pur néant laiteux. Je ne peux même pas me réconforter avec la devise du ver à soie le psy : *inclusum labor illustrat*. Parce que je serais enfermé, je travaillerais et brillerais de tout mon désir. Non, ici, je ne suis même plus seulement enfermé dans mon corps. Je le suis dans la maladie que tu m'as trouvée. Je ne suis plus que cette maladie. Tu ne me laisses aucune chance d'en sortir car la maladie, selon toi, n'est plus seulement en moi, mais c'est moi qui suis dans la maladie.

Alors plus rien ne m'est permis. Comme de me permettre de faire erreur sur ma personne. Être un autre. Apercevoir dans la nuit cet autre qui est moi-même que mon regard du jour occultait. Me libérer de tes entraves ? M'insurger ? Tu me demandes si j'ai envie de me révolter, encore une fois ? Toute forme de contestation de ma part, signe de nervosité, stress quelconque, qui sont le lot commun, accréditent au contraire chez toi l'idée de la seule maladie. Tout ce que je fais, désormais, trouve pour seul point d'imputation ma maladie. La contester, c'est la grossir.

Pourquoi m'enfermer le psy ? Dans quel but ? À l'hystérie que sécrète le resserrement de l'espace dans ton hôpital a répondu progressivement l'effacement de mon humanité. Pour contenir mon énergie, vous m'avez tous construit des lieux de plus en plus petits, de la cage de prison jusqu'à la camisole chimique en passant par la phase intermédiaire de mon lit d'aliéné, dans ta maison d'hôtes particuliers. Il fallait y aller par paliers, c'est ça ? Ta prison, et encore, je suis en deçà de la vérité en appelant ainsi ton hôpital, parce que ton hôpital est bien pire qu'une prison car on ne sait jamais quand on en sortira, ta prison, donc, est une destination faite sur-mesure pour des types comme moi. L'endroit où je solde ma dette énergétique au prix de ma déshumanisation. Erreur de perspective le psy. Un trop plein d'énergie conduit toujours à l'asphyxie lorsqu'on la comprime. Le rétrécissement progressif de mon espace a été le corollaire de l'augmentation de la pression énergétique dans mon corps. Tu n'as donc rien effacé. Car on ne contient pas la mer dans des bouteilles. Autant d'énergie comprimée ne pouvait que me rendre à la force de la fission. Comprimer les sentiments, comprimer l'espace, comprimer mon corps, comprimer mes paroles, c'était communiquer l'imminence d'une explosion. *Un jour, je sortirai. En parfaite plénitude, danserai seul un Fox-trot, puis partirai sur une fausse note.* Agresserai. Tuerai peut-être. Sans avoir l'air.

***Arriver dans une prison que l'on connaît, c'est comme si l'on rentrait chez soi...* Boukovsky**

Cet espace dramatisé, étouffant, je l'arpente depuis en boucle. Même libre, parce que tu m'as donné un bon de sortie à un moment, après six mois d'enfermement, depuis que tu m'as laissé à l'air comprimé sous étroite surveillance, dehors également, rien n'y fait. J'ai l'impression de me trouver à demeure dans un accélérateur de particules. CERN vivant. Mes rues aux allures de couloirs, que je continue d'emprunter à l'extérieur. Depuis que je suis dehors, tenu au collier par mes injections comme par mes injonctions de soins et suivi judiciaire. Je vis chez mes parents désormais, incapable que je suis de vivre seul. Va comprendre ! Tu voudrais m'émanciper en me maternant. Me grandir en me rapetissant.

La prison s'est délocalisée chez eux le psy, car rien n'a changé au fond. Les mêmes sorties, aux mêmes heures. Le même chemin, au pas près, que j'emprunte chaque jour dans le petit village où résident mes parents, à côté de l'endroit où vivent mon frère et ma belle-sœur. Dehors, je suis dans le cercle, l'arène de la question : *qu'est-ce qu'être moi ?* Circularité qui anéantit toute forme de progression. Je continue de marcher, cinq sorties par jour, en croyant que j'irai un jour vraiment quelque part. Marcher pour ne pas m'enkyster. Mais je ne fais qu'aller dans une trajectoire sans fin, mouvement perpétuel qui absorbe l'origine et le terme de chaque espace parcouru. Le point que je crois viser, toujours, se dérobe. Illusion que seule la mort dissipera. Un espace qui, à mesure d'être reparcouru, devient inconsistant. N'ayant d'autre réalité que celle d'un mirage inventé par le temps que tu m'as soldé pour faire oublier à celui qui avance qu'il ne fait que reculer. Un même trajet, invariablement, sans plus qu'aucune contrainte n'ait besoin de s'exercer sur moi. Je suis devenu le lieu de la loi comme de l'expiation. J'y bégaie chaque jour ma liberté. Tu as géométrisé à ce point mon espace comme mon mental que la ligne n'est plus promesse d'horizon ou de territoire à conquérir, mais élément d'une structure quadrillée et carcérale à l'air libre. Opéré le revoltage tous azimuts de mes énergies à plat. Prendre la route, chaque jour, ce n'est pas aller de l'avant ni même fuir. C'est toujours me faire rattraper. Le retour aux sources et le futur n'auront pas lieu. Vivre ma disparition au présent, voilà ce que tu m'as abandonné. Je suis dans un pays de nulle part, égaré dans un monde qui a la consistance d'un fantasme. Comment peut-il se passer quelque chose dans un pays de nulle part ? Et pourtant je continue, dans la boucle de ma vie, chaque matin, midi et soir, à refaire le même chemin. Comme si je voulais rattraper mon double.

L'absorber. Résorber ma schize. Mais tout m'échappe, tout le temps. Si seulement un jour je pouvais attraper une minute, je la transformerais en nœud coulant. En attendant, je m'éloigne comme va le courant. Sans direction ni sens.

Petite tache noire engloutie dans l'immensité minérale du village, j'espère chaque jour rejouer la geste de la liberté mais réalise toujours que le recroquevillement de la carte, pour faire sans cesse le même parcours, anéantit ses conditions de possibilité. Je continue d'avancer, mais l'essentiel est dans le rétroviseur. Je ne converge plus vers un point identifié mais diverge à partir d'un centre absent. Je ne me ressemble plus. Je dissemble. Avec tes médicaments, j'ai sans cesse la tête prise dans la veille. Ne suis plus, au quotidien, qu'un souvenir.

J'accélère à l'abîme. De la cendre en divague qui agite son ombre : je n'ai plus de corps. À me répéter, ne suis plus qu'un brouillard de tics, qui débordent des trottoirs, tous ces tics montés sur pattes, de tressautements qui s'accablent. Hystérie navrée qui grouille et réclame en permanence sa liberté. Quelque chose m'a remplacé, et cette chose, me voici à son service — je suis vécu par elle : la maladie. La maladie s'est d'abord introduite dans ma cervelle. Elle y a couvé son bilan. Mon corps tout entier intégré à une colonne posologique. Un ordre. Me remettre à vivre voudrait dire sortir de la maladie. Est-ce vraiment ce que je désire le psy ? Il faudrait que je supporte l'absence de repères. Il me faudrait soudain être hors de prix. Coupé des appréciations.

Seul. Mais je n'ai jamais eu de repères avant et voici que tu m'as offert le plus certain. Sans le savoir je préfère peut-être laisser la maladie tout envahir. Il n'y a plus que cela, et ce qui glisse dans la rue, le matin, c'est un corps-maladie. Seul le pantomime de ce corps que je suis devenu peut tenir dans cette tempête, parce que c'est un corps débarrassé de ses encombrements. Il n'y a plus de cadavre en moi, juste du vide — un souffle d'os gris. J'étais lourd, avec les entrailles bavardes. Je suis désormais modelé d'abîme, pétri au souffle de néant.

Depuis ma sortie le psy, et c'est bien là la raison de notre entretien aujourd'hui, j'ai bien eu encore quelques saillies, affolé les nuages comme l'orage, abordé de nouvelles filles. Tu m'avais interdit de le faire pour les précédentes, pas pour les nouvelles. La première, quatorze ans, à l'arrêt du bus pour le collège, chaque matin. Je me plantais devant elle. La regardais droit dans les yeux, à quelques centimètres de son visage. Terreur du regard, débandade de la raison. Puis repartais. Elle allait bien finir par me parler un jour. Je l'attendais le soir, la nuit, quelquefois devant chez moi, à d'autres moments devant la maison de mon frère. La police est revenue, bien sûr. Sa mère avait porté plainte. Mes parents ont payé une avocate pour me défendre. *Mille cinq cent euros*, qu'il répète soir et matin depuis mon père. *J'ai dépensé mille cinq cent euros et tu continues tes conneries. Je n'en peux plus. Tu as entendu le juge et l'avocate, la prochaine fois, parce que tu es encore en probation pendant deux ans, tu retournes en prison. Et moi, je ne viendrai pas te voir. Ta mère, elle fait ce qu'elle veut. Mais moi je te laisserai dans ta merde,* qu'il dit comme ça même devant tout le monde, même devant toi le psy. Le sous-humain que je suis devenu se reconnaît à ceci près que je n'existe plus. On me parle comme tu le fais le psy, mais, en vérité, je n'existe plus. Vous m'avez tous réifié. Transformé en objet. Pas même en un majeur incapable, comme disent les codes, ou encore en handicapé, comme vous voudriez me faire reconnaître. Non. Un meuble. À mille cinq cent euros. Tu sais qu'il y a eu un Code noir pour ça, il y a longtemps ? Et toi comme mes parents qui pensez tout savoir. Vous ne comprenez rien. Alors rien de rien, oui, rien n'y a fait. J'ai persévéré. J'ai continué. D'ailleurs, il le fallait bien, j'avais aperçu une autre jeune fille depuis quelques temps qui se baladait souvent avec sa copine. Une fille du village. On se disait bonjour chaque fois. Un jour, je rencontre sa copine, seule, près du bureau de tabac par où je passais soirs et matins. En profite pour lui demander le numéro de téléphone de sa copine. Elle me dit, *ce n'est pas ma copine, c'est ma fille.* Qu'est-ce qu'elle me raconte celle-là ? C'est sa fille, et elle a dix-sept ans qu'elle ajoute. *Et toi, tu as quel âge ?* Mais c'est moi qui pose des questions, non ? Je veux simplement savoir où sa copine habite. Et voilà qu'elle va en parler à mon frère, ce père la morale, parce que son autre enfant à cette prétendue mère se rend dans la même école que ceux de mon frère, qu'ils se parlent souvent et tout ça. Branle-bas de combat. Le frère en parle aux parents parce que la police serait venue le trouver. Conséquence, le psy ? Pour m'éviter l'avocate à mille cinq cent euros et une nouvelle tournée en prison, La décision a été prise : plus le droit, désormais, de sortir seul. Ma famille, ma propre famille le psy, me retient dorénavant prisonnier. Contre mon gré. En prison chez moi. Plus le droit d'aller et venir dans le village. Plus le droit d'aller courir autrement qu'accompagné et étroitement surveillé par ma mère le plus souvent. Comme un chien, j'ai le droit à mes sorties, je te rassure le psy. Comme un chien, quand l'heure arrive, que l'heure s'impatiente, sans mot dire, je m'habille, puis me plante devant ma mère et attends jusqu'à ce qu'elle me sorte. Comme un bon chien.

Finalement, tout le monde ne m'a laissé libre qu'au prix de ce conditionnement. De la chose au canidé, empaqueté dans mon énergie. Toute cette activité pour rien. M'avez acculé au point, dans des routines dévitalisées. Mon devenir, celui de l'homme scribe de Melville. Fantôme, spectre, ombre, non pas seulement. Un cadavre dévidé. Vous m'avez sorti du plan. Remplacé. Laissant la place à ma réplique, docile et obéissante, dans un curieux effet de présence-absence. Votre chien.

Pour n'avoir plus connu depuis si longtemps le sol ferme et familier du quotidien, ma liberté conquise avait débouché sur l'incompréhensible et le menaçant. En sortant de ton hôpital comme de la prison, je m'étais efforcé de l'aménager au mieux en me fixant des habitudes. Espérant donner de la consistance à ce qui n'en avait pas, à faire en sorte que les événements se répètent selon un cycle immuable. Pour me mettre à l'abri de l'inconnu, j'avais imprimé un déterminisme à ce qui semblait irrémédiablement m'échapper. Les choses se présentant toujours, désormais, identiques à elles-mêmes, j'en arrivais presque à croire que j'étais à l'abri du changement. De là cette fureur, ronde après ronde, de me creuser un trou et y disparaître enfin.

Mais non, vous, vous ne voulez pas vraiment ma disparition. C'est à résidence que vous me voulez, toi et ma famille. Dans une niche. Pour me tenir à distance et vous rappeler sans cesse à l'horreur du crime comme de la folie. Je suis votre halloween. Vous m'agitez pour vous faire peur et ne jamais me ressembler trait pour trait malgré vos simagrées. Car vous avez pris vos précautions avec moi. Dehors, pour ne plus faire de mal à quiconque, vous m'avez mis au ralenti. Ma vitalité mise au rebut. Ma vie « *au creux d'un sommeil* », avec le « *cerveau qui bat la chamade* » susurre Shakespeare. Le ralenti, c'est l'énergie de ma nouvelle vie le psy. Elle échange avec la forme de mon existence toute ma sève en une forme de suicide reconduit au quotidien, par l'exténuation de toutes formes. Toi, le psy, surtout, tu as pensé me délester d'un poids trop lourd qu'aucune action, à vitesse réelle, ne pouvait plus prendre en charge. Au ralenti, comme pour me soulager d'une douleur trop forte pour un seul homme. Au ralenti, tu as délivré mon visage de son expression. Au ralenti, je marche ainsi. Cours en décélérant. Mange en temporisant. Parle en retenant. Pense modérément. Aime sans battement. Ce ralenti est venu pour me soulager d'un trop plein d'énergie. Cela te rassure sans doute de me voir si lent. Contrôlable dans mes faits et gestes. Mais ce ralenti ne doit pas te tromper sur son effet visuel. Le ralenti est ce qui possède le rendement énergétique le plus élevé. Car il en faut bien pour lever un seul pied. S'extraire des forces telluriques avec la conviction du brachiosaure.

Au ralenti, je suis devenu une ruine au travail. Quelque chose de nouveau pas tout à fait né, quelque chose d'ancien pas encore tout à fait mort. Coincé à l'intérieur d'un entre-temps. L'un qui se refuse à naître, l'autre qui se refuse à mourir. Homme-ruine.

Ruiner mon énergie, ce n'était pas l'épuiser mais la fatiguer. L'épuisement n'est pas la fatigue. Il vient nécessairement après l'action, beaucoup d'agissements en vent et sens contraire — et son surplus. L'épuisé a trop agi et ne dispose plus de suffisamment d'énergie. Ma fatigue est au contraire un état permanent. Détaché de la question de l'action. Tu as rendu en moi toute forme d'action impossible. Quand l'épuisé n'en peut plus, le fatigué ne peut pas. Sa vie ne sert plus à rien, un jockey hors selle.

Ma fatigue n'est pas belle à voir, le psy. Si encore elle m'avait rendu passif aux choses. Être passif au point de ressentir l'appel, de me laisser entraîner, de me perdre, de ne plus savoir où je suis, qui je suis. Je suis au contraire devenu si confusément proche de moi-même que la vie m'est tombée du corps. Compacté. Tu m'as dé-miné. Désarticulé. Chacun de mes membres, par l'effet des psychotropes, mène désormais une vie indépendante. Ne sont plus liés entre eux. Barricadés, s'affrontant, à qui mieux-mieux. J'ai le mal de terre et ses tremblements. Comme le réseau SFR, dans ma tête ça sature, et pas que les jours de réveillon. Suis au poing mort. Plus de forces dans les membres. À chaque moment de la journée, quand vient l'instant où je dois agir, faire quoi que ce soit — mettre mes vêtements, me coiffer, aller au repas, sortir, rentrer —, moi, pantin, essaie de me donner forme, avec ce besoin d'une poulie pour me hisser : je me poste droit devant mes vêtements, le miroir, la table, la porte, et pendant deux/trois minutes, debout, je me mets à piétiner. Je marche lentement sur place, les bras pendants le long du corps, la tête droite, le regard vide, les tresses de mon cou tendues, encordées à ma vie, foulard Hermès d'une vieille qui n'attend plus que de crever. Et puis... Un pas, deux pas, trois pas, quatre pas... Que c'est bien long, deux/trois minutes à faire du surplace, pour chaque micro-événement de la journée. Que c'est bien long, et du début jusqu'à la fin, de sentir leur regard, parents, frère, sœur, qui s'efforcent de ne pas voir qu'à mesure que je n'avance plus, je me marche dessus. À me trouver à peu près nulle part, entre le sens et sa remise en cause. Espérant fatiguer l'ennui. Petits pas, petits pas, petits pas, lorsque j'arrive devant mes vêtements, le miroir, la table, la porte et me positionne devant mes habits, le lavabo, ma chaise. Que je vois. Que j'aperçois bien. Mais incapable d'enfiler quoi que ce soit, de prendre le peigne, de m'asseoir puis manger ou sortir au grand air, désormais tenu en laisse. Et, chaque fois, chaque jour, dès que l'occasion se représente, de recommencer ma petite danse, face à mes vêtements, ce miroir, ce toilette, cette table, cette porte. Leur matérialité qui se refuse à moi. Deux/trois minutes, petits pas, petits pas, petits pas. Pourquoi ? Pour rétablir la connexion entre mes membres ? Petits pas, petits pas, petits pas… ça sonne. Mais quelqu'un voudra-t-il bien décrocher au bout du téléphone dans mon corps ? De moi, ne restent plus que ces bouts de rien, étoiles en attente. Quel est donc ce cadenas que je porte en mon centre ?

Parti de nulle part, je compte y retourner. À tourner ainsi en rond, mon histoire se vide de sa narration. Pourtant, toi, le psy, tu me dis que je devrais m'efforcer d'aller de l'avant. Mais c'est quoi aller de l'avant pour toi ? Me faire reconnaître comme handicapé ? Toucher le RSA ? Est-ce cela, pour toi, aller de l'avant ? Alors ça oui, plus j'avance, plus je m'évanouis. Avec une cadence de pas névrotique. Je marche, je marche des heures, sans jamais m'aboutir dans un destin. Une marche qui à coups de répétitions s'abrutit dans sa signification. Une vie à laquelle nulle promesse ne peut être faite désormais. Je me sens comme un acteur participant à un film qui n'aura pas lieu. Dans un film qui dé-filme. Dont la colle du montage ne prend pas. Chacun de mes pas ne m'attache pas au sol mais provoque mon décollement. Je marche, mais ne suis pas sur la voie, déraille, pris dans mon propre désordre. Comme s'il ne restait plus d'un monde que son abrutissement. Ma vie ? Une bande-annonce interminable. Une existence qui sitôt commencée s'effondre sur sa ligne. Un départ interminable pour nulle part.

Que vais-je faire maintenant que tu m'as mis dehors avec un nœud coulant pour tenir debout ? Avec ces pensées noires qui me collent, papier tue-mouches du quotidien, mes parents, ces nouveaux gardiens ? L'important, c'est que ça bute dorénavant. J'ai manqué le décollage. Que tu me laisses au moins la chute. Mais lorsque tu te fais tomber toi-même, peux-tu contrôler ta descente ? Mon retour à la normale le psy ? Rien d'un vétéran, pourtant me sens estropié. Séduire la chance ? Je n'ai jamais su draguer une fille, ça aussi tu le sais bien. Que faire ? « *Défoncer les vantaux mystérieux de l'Impossible* » comme le dit Marinetti ? Ne plus songer qu'à pousser comme le premier brin d'herbe ? À la croisée des obstacles, mettre le genou à terre, se relever avec le doute à refaire, avec le doute à reperdre ? Avoir encore des rêves ? Mais les rêves sont cartilagineux. C'est la faiblesse des géants, le nez du boxeur. Je voudrais m'inventer plutôt la nostalgie d'un lieu qui n'a jamais existé. M'y refaire santé.

Avant de quitter l'hôpital, toi le psy, après les mises en garde, tu as essayé de me rassurer pourtant, dit que le bonheur, comme le vélo, ça ne s'oubliait pas. Même quand on a perdu les pédales ? Tu m'as parlé de mon âme. À t'entendre, je serais plus riche à l'intérieur que le sous-sol de l'Algérie. Tu voudrais me rendre heureux en méninges. Tes paroles passent mal. Un cancer colorectal. Je connais déjà l'histoire. Elle diffère de celle que tu m'as apprise. Ta morale me fait un bon tapis. Quant à tes mises en garde, elles sont vaines. On n'impose pas de limites au désordre.

Résister jusqu'à la dernière énergie au destin, aux puissances sourdes qui raidissent, bouchent, emmurent, voilà ce que je vais faire. C'est notre rôle, non, de commencer même si l'échec est plus dans l'ordre des choses que la réussite. Alors vivre. Vivre ! Tout simplement vivre ? Alléger le sort ; lécher le sol ? Mais je rêve, c'est ça, le psy ? Ce ne sera pas possible tout de suite, tu dis ? Pas dans mon état ? Avoir une femme ? Un autre enfant peut-être ? Un boulot ? Pas possible cette rançon ? Mais moi je ne veux pas de cet écart-là : attendre. Je veux le rêve. Tout de suite. Maintenant ! J'ai toujours voulu être dans le rêve. Devenir le rêve. J'en suis devenu pathologique, que tu dis. Psychose évolutive. À contraindre mon rêve à la réalité, je me serais détruit. Auto-anthropophagie. Et alors ? Cette vie n'est que passagère. On est toujours à la place du mort le psy. Que faire ? Que faire, bon sang, quand il te reste une étoile à tout casser ? Alors, je reprends la question : vivre ? Vraiment vivre ? Non. Non, non, non et non que tu dis, puisque je serai mal payé en retour, le temps me coupant la tête comme Salomé. Laisse-moi donc plutôt aller crever doucement, alors. Qu'est-ce que ça peut te faire, de toute façon, que je crève ? Tout le monde s'en fiche, non ? Un de moins, ce n'est pas grand chose et le bénéfice sera grand, n'est-ce pas, moi qui suis devenu ce genre de bête qui se ferait buter même par Bardot ? De l'euthanasie sociale. C'est ce que tu veux le psychiatre. Comme le SDF ou le toxicomane, le même sort. C'est dans l'ordre des choses, presque un soulagement. Personne n'ose se réjouir mais personne ne proteste non plus. Holocauste *low cost*. Vécu comme un processus naturel d'élimination.

Alors, laisse-moi crever comme tous les autres. Comme tu le fais tous les jours. Mais lorsque je m'effondrerai, je peux te promettre une chose le psy, tu m'entendras. « *L'arbre qui tombe fait plus de bruit qu'une forêt qui pousse* ».

Finalement. Finalement, le psy, mon histoire, parce qu'il faut bien finir, c'est le récit d'un type qui essaie de tenir debout depuis toujours. C'est-à-dire, dans la suite de son enfance, un mort-vivant, qui traîne sa vie après lui. Un chien qui la piste. Le regard enfoncé, pris, perdu, étouffé dans la matière de son quotidien. Qui cherche à sortir. À créer le trou. À incarner un mouvement d'expulsion. À s'évader de la fatalité. Avec une respiration de noyé. Je ne suis pas seul dans ce cas-là ? Tu as raison le psy. Nous serons plein un jour, ce sera l'hiver aux bras gelés, tous on se retrouvera au bar se jeter. Qui vivra verra ivre ! Allez, encore quelques verres, ce sera la tournée de la faucheuse, sa forme de mécénat. Ce matin-là, manquerai-je à l'appel, me disant tout bas que tout ça aura valu la peine ? Ce jour-là, me dirai-je que j'aurai le soleil pour seule fortune ? Que lorsque je toucherai le fond, comme l'amour d'un soir, ce sera beau comme la mort d'un roi ? À quoi bon ? Pour finir comme Jeff Buckley, pris sous les eaux dans le Mississippi, mais debout sur ses pieds, pour voir la route de plus près ? Lorsque je toucherai vraiment le fond, le psy, je le sais bien, je n'y trouverai que du noir Béru'. Est-ce avec cela que je peux espérer renaître, ici ou autre part ? Je n'ai jamais été bon chrétien. Serai pas un *reborn again*. Tu ne m'auras pas avec ta morale de confesseur le psy. Pourtant, des douleurs au ventre, je t'assure, j'en ai bien eu, et tout le long, mais c'était les contractions d'un accouchement qui ne trouvait jamais son enfant. Alors quoi ? Peut-on accoucher simplement d'un abîme ? D'un crime ? Peut-on laisser pour seule trace, pour l'œuvre de toute une vie, sur sa pierre tombale : « *Au criminel que j'ai été* » ? Le psy, je t'en conjure, laisse-moi plutôt me dissoudre dans la rumeur du rien, s'il te plaît. Que tout s'annule enfin, que moi-même je ne sois rien participant au rien. Cellule morte de l'univers, je veux mes acariens ! Bouffez-moi enfin, par les pieds ou par la tête, mais prenez-moi par les extrémités, par où ça pousse, de haut en bas, par où ça sent la volonté de s'en tirer !

Pourquoi donc raconter cette histoire, moi qui ne voulais pas parler le psy ? Pour me souvenir du drame et te voir réjoui de ne pas m'en être sorti ? Me féliciter des bons soins que tu me prodigues ? T'en remercier ? Te sentir vivre mieux en évitant le drame de trop ? Pour ajouter à l'inutile et au superfétatoire plutôt ! Rien n'est plus dégradant quand on n'existe plus. Ma victoire ? Ce que j'espère vraiment, au fond ? Espérer abattre un jour ce nécrophile qui se tient encore en moi pour refroidir tout ce qui bouge. L'abattre, sans le respect même que l'on doit à la bête qu'on assomme mortellement. Puis partir avec lui dans un mouvement de pioche en terre à l'instant de l'enfouir. Et, en attendant l'heure de ce crime, ce crime qui aurait dû être vraiment commis avec félicitations du jury à l'appui, mes douze coups de minuit personnels, me faisant docteur *honoris causa* des forfaits et crimes en tous genres, en attendant ce moi-icide, le psy, sur l'honneur, je le déclare, je lègue ma folie à mon fils, ma flamme à sa mère, mes dettes à mon banquier, mes affres à la nuit, mes mots de passe secrets au Net, mon haleine au putois, mon cerveau enterré au pied de mon arbre généalogique. Je veux bien, enfin, une tombe pour qu'on crache dessus.

David Fonseca enseigne. En ligne de mire, rendre les réponses vaines. David Fonseca écrit. C'est toujours un peu de temps volé à l'éternité. Le reste de ce temps, la plupart du temps, David Fonseca ne fait rien, pour se fatiguer les membres des buts à atteindre.

Du même auteur

Cellules
az'art atelier éditions, collection L'Orpailleur, 2016

Cet ouvrage a été imprimé en France en mars 2018
par l'Imprimerie Lussaud-Iro
Périgny (Charente-Maritime)

Dépôt légal : mars 2018